# Das Muttermal

von Manfred Böttcher

Druck und Verlag: epubli GmbH, Berlin
www.epubli.de
ISBN  978-3-8442-3870-9

Für Christina

Anmerkungen:

Die Geschichte dieses Buches ist frei erfunden. Ähnlichkeiten mit lebenden oder verstorbenen Personen sind nicht beabsichtigt und rein zufällig.

Die Schauplätze sind zum Teil real, mehrheitlich jedoch der Phantasie entsprungen.

# 1

Die Scheibenwischer des vergitterten VW Bulli der Polizeiinspektion Hannover Mitte kämpften sich durch den strömenden Regen. Das schlechte Wetter dieses Sommers hatte die Stadt fest im Griff. Es war einer von den Tagen an denen man besser im Bett bleiben sollte, grau und unfreundlich. Nicht nur die Uhrzeit – es war gerade 3:00 Uhr – war ungemütlich, sondern auch die Umstände des nächtlichen Einsatzes. Es schüttete wie aus Eimern.

>>Ein scheiß Wetter,<<
grummelte Bukowski.

>>Du sprichst mir aus der Seele,<<
erwiderte sein Kollege.

>>Bei so einem Sauwetter jagt man keinen Hund vor die Tür,<<
fügte Schumacher noch hinzu.

Der Bulli bog in die Vahrenwalder Straße in Richtung Norden. Die Straßenbeleuchtung hatte Mühe, sich gegen den peitschenden Regen durchzusetzen. Im Lichtkegel der Scheinwerfer huschten Häuser, zahllose Ladengeschäfte und parkende Autos an ihnen vorbei. Die Gleise der Straßenbahn schnürten unaufhaltsam parallel zur Fahrbahn.

>>Wenigstens haben wir eine Grünphase erwischt. Sonst steht man hier ständig an roten Ampeln oder an den vielen Baustellen. Um diese Zeit geht es aber recht zügig.<<

Benjamin Liwinski und Kevin Schmitzke waren auf dem Weg in die Justizvollzugsanstalt im Stadtteil Vahrenheide. Das „Hotel zur Ruhigen Kugel", wie die JVA im Volksmund genannt wurde, war bei den Ganoven nicht gerade eine bevorzugte Adresse. Der Spitzname leitete sich aus dem kugelförmigen Gasometer der Stadtwerke ab, der direkt neben dem Knast stand. Diese Haftanstalt war eigentlich nichts besonderes, ein Knast wie jeder andere auch, wäre da nicht Direktor Werner.

Dr. Matthias Werner, der Direktor der seit drei Jahren die JVA leitet, hatte sich in ganz Niedersachsen in kurzer Zeit einen Namen als „Harter Hund" gemacht. Er regierte mit eiserner Hand. Nach unserem Rechtsempfinden überschritt er dabei ständig Grenzen. So waren Gefangene tagelang Gängeleien und Misshandlungen durch die Vollzugsbeamten ausgesetzt. Ohne Grund wurden sie geschlagen oder in das Essen der Insassen wurde gespukt und uriniert. Es waren teilweise Zustände wie in totalitären Staaten.

Dr. Werner bestritt natürlich jegliche Übergriffe, bestätigte aber gegenüber Journalisten eine harte Hand. Er begründete dieses Verhalten mit mangelndem Respekt gegenüber den Vollzugsbeamten. Er war der Auffassung, dass *„gewisse Maßnahmen"* zum *„modernen Strafvollzug„* gehören.
Hartnäckig hielt sich das Gerücht, dass er gegen die Zahlung von Schmiergeld auch schon einmal, den einen oder anderen Strafgefangenen zu örtlichen Firmen schaffte, und Sie dort illegal arbeiten ließ.

Von alle dem bekam natürlich außerhalb der Mauern keiner etwas mit. Petitionen von Gefangenen an die zuständigen Behörden verschwanden auf seltsame Weise.

Das niedersächsische Justizministerium bestritt auf Anfragen im Landtag, dass es solche Übergriffe in Vahrenheide gäbe.

>>Dr. Walter habe das volle Vertrauen der Justizbehörden.

Schließlich habe es seit seinem Amtsantritt weder Übergriffe durch Gefangene noch Ausbrüche gegeben. Dr. Walter habe auch einige Projekte ins Leben gerufen, die die Politik der Landesregierung in ihrem Bemühen der Resozialisierung massiv unterstützt.<<

Hieß es in den offiziellen Stellungnahmen.

Dr. Matthias Werner konnte schalten und walten wie er wollte. Möglich war dies eigentlich nur mit Rückendeckung aus der Politik. Die Tatsache, dass ein hoher Beamter aus dem niedersächsischen Justizministerium der Schwager von Dr. Matthias Werner war, hatte in dem Zusammenhang einen üblen Beigeschmack.

Der Journalist Dietmar Martin wollte dieser Verbindung näher auf den Grund gehen und begann intensiv zu recherchieren.

Der Versuch von Dietmar Martin - der für das linke Blatt „Demokratie" arbeitete - die Machenschaften von Dr. Werner aufzudecken und seinem Schwager auf den Zahn zu fühlen, endete, als der Journalist ums Leben kam.

In den offiziellen Verlautbarungen hieß es, dass Dietmar Martin einem tödlichen Verkehrsunfall auf der B3 zum Opfer fiel. Er soll alkoholisiert und mit überhöhter Geschwindigkeit gegen einen Baum geprallt sein.

Diese Variante wurde sowohl von Kollegen in der Redaktion als auch von anderen Journalisten heftig bezweifelt. Dietmar Martin trank nie und war ein sehr besonnener Autofahrer. Bis heute versucht die Familie, den Fall neu aufzurollen. Vergebens.

Es war schon seltsam, dass der Unfall zu dem Zeitpunkt geschah, als die Recherchen kurz vor dem Abschluss standen und in der nächsten Ausgaben der „Demokratie" erscheinen sollte! Weder auf Dietmars Laptop noch auf andere Speichermedien konnten die Kollegen seine gesammelten Informationen und Fakten über Dr. Walter, finden. Sie sind bis heute unauffindbar.

Liwinski und Schmitzke, mit Handschellen und Fußketten gefesselt, saßen seitlich zur Fahrtrichtung auf den gegenüberliegenden Bänken. Sie starrten auf den Boden des in die Jahre gekommenen VW Bulli`s. Sie schwiegen sich aus und würdigten sich keines Blickes. Das eintönige Geräusch des Diesels wurde hier und da durch Verkehrsdurchsagen aus dem Radio oder dem Polizeifunk unterbrochen. Sonst war lediglich das ständige Geräusch der Scheibenwischer zu vernehmen.

Der Bulli verließ jetzt die Vahrenwalder Straße, bog in die Wohlenbergstraße ein und quälte sich weiter durch das

Sauwetter. Rechts und links der Straße zogen sich die Industrieanlagen des Brinker Hafens. Trotz der Uhrzeit wurde hier im Hafen bereits voll gearbeitet. Der Lärm, des aneinander schlagenden Metalls, hallte durch die Nacht und den Regen. Die Lichter an den großen Verladekränen erleuchteten die Umgebung.

Der Transporter bahnte sich seinen Weg durch die Nacht und erreichte schließlich die Schulenburger Landstraße. Sie bogen rechts ein. Bisher kamen sie gut durch. Jetzt gerieten sie aber in die sprichwörtlich katastrophale Ampelschaltung, die in Hannover fast jeden Autofahrer auf die Palme bringt. Von roter Ampel zu roter Ampel arbeiteten sie sich vor. Endlich erreichten sie die Einfahrt der Justizvollzugsanstalt in der Schulenburger Landstraße 145.

Das Haupttor erinnerte an die damalige DDR Grenzanlage in Marienborn. Das Signal zeigte Rot und die Schranke war geschlossen. Ein Uniformierter trat aus einem Wachhäuschen ans Fahrzeug.

Kommissar Bukowski kurbelte die Seitenscheibe herunter, einen elektrischen Fensterheber hatte das Prachtstück der Polizei nicht. Mit einem lockeren „Hallo" grüßte er den Kollegen, der dem Wetter entsprechend in einen Regenmantel gehüllt war.

>>Guten Morgen Kollegen,<<
begrüßte der Wachhabende die beiden Kommissare.

>>Die Papiere bitte,<<
fügte er hinzu.

Schumacher reichte Bukowski die Mappe mit den Unterlagen. Er entnahm mehrere Blätter, reichte sie heraus und der Kollege verschwand im Häuschen wo noch ein anderer Beamter saß. Nach etwa fünf Minuten trat er wieder an den Bulli heran und gab die Unterlagen zurück.

>>Alles in Ordnung Kollegen. Ihr könnt fahren. Immer den blauen Pfeilen nach.<<

Schumacher lachte:

>>Hattest du etwa Zweifel an der Richtigkeit der Papiere?<<

Mit krachendem Geräusch legte Bukowski der ersten Gang ein.

>>Schalten ist kein Geheimnis, darf jeder hören!<<

Lästerte sein Kollege.

Der Transporter setzte sich mit Schritttempo in Bewegung und passierte das Haupttor.

Benjamin Liwinski und Kevin Schmitzke schauten ein letztes Mal durch das vergitterte Heckfenster bevor das Tor, wie der Schlund eines gewaltigen Tieres, den Bulli mit samt seiner Insassen verschluckte.

# 2

Im Jahr 2002 ereignete sich in der niedersächsischen Landeshauptstadt Hannover eine Geschichte, die für einen Tatort gereicht hätte.

Benjamin Liwinski genannt Ben, war der Kopf eines üblen Duos. Mitte Vierzig, schütteres Haar und kräftig gebaut, wirkte eher solide. Was man von Kevin Schmitzke, seinem Kumpel, nicht sagen konnte. Kevin war noch einen Tick größer und kräftiger, hatte fettige Haare und eine ungepflegte Haut. Seine Kleidung hätte mal wieder eine Wäsche vertragen. Die eingedrückte Boxernase und sein Bierbauch unterstrichen sein abstoßendes Äußeres. Sein Alter war schwer zu schätzen. Durch seine Kettenraucherei wirkte er viel älter als Ben. Aber auch er war mittleren Alters.

Seit einigen Jahren trieben die beiden im hannoverschen Stadtteil Mühlenberg, und darüber hinaus, ihr Unwesen. Sie lebten in einem dieser Wohnsilos im Canarisweg.

Schon lange hatte das Haus keinen Handwerker gesehen. Alles war in einem schlechten Zustand. Der Putz bröckelte von der Fassade und die Fenster hätten dringend Farbe benötigt.

Ganz in der Nähe befand sich eine Jugend- und Freizeitstätte. Hier fanden sie immer wieder dankbare Opfer. Die Jugendlichen erledigten für die beiden Gefälligkeiten, die meist jenseits der Legalität waren. Im Gegenzug steckten Liwinski und Schmitzke ihnen hier und da einige Scheine zu. Die Jugendlichen, die Ben und Kevin gefällig waren, konnten sich darauf verlassen, dass es bei Stress mit anderen Jugendlichen entsprechende Unterstützung gab. Für diese Fälle war Kevin Schmitzke der richtige. Er war unbeherrscht und scheute nicht davor zurück, den einen oder anderen krankenhausreif zu prügeln.

Das Haus im Canarisweg gehörte seit ein paar Jahren einer Immobiliengesellschaft aus Süddeutschland. Die Eigentümer kümmerten sich einen Dreck um das Haus. Nach dem Motto *„Hauptsache, die Miete fließt"* war es den Verantwortlichen auch egal, wer dort wohnte. Dies nutzten Liwinski und Schmitzke leidlich aus.

In zwei weiteren Wohnungen, die unter falschem Namen angemietet wurden, ließen sie vier Frauen für sich anschaffen. Zwei der Frauen waren sogenannte *„Illegale"* aus der Ukraine und aus Nigeria. Unter fadenscheinigen Versprechungen wurden sie vor einigen Jahren mit anderen Frauen von einer Schleuserbande nach Deutschland geholt.

Die zwei anderen hatten sie vor einigen Jahren vom Straßenstrich in der Herrenstraße geholt und zunächst in VW Bussen an der B3 anschaffen lassen. Erst später wurden sie hier einquartiert.

Die Aktion hatte damals im Rotlichtviertel viel Staub aufgewirbelt und mächtig Ärger mit den Albanern provoziert. Kevin wollte den Zoff auf seine Art klären. Ben pfiff ihn aber zurück und löste das Problem elegant mit einer größeren Zahlung an die Albaner.

Die Zwei hatten in der erste Etage im Canarisweg so etwas wie ihre Zentrale, von der aus sie ihre kriminellen Aktivitäten lenkten. Die Wohnung war zum Teil mit Möbeln ausgestattet, die eigentlich auf den Sperrmüll gehörten. Das ganze Gegenstück, war allerdings die technische Ausstattung in ihrer Unterkunft. Alles vom Feinsten! Der neuste Flachbildschirm im  Wohnzimmer, eine Musikanlage, die einem das Herz höher schlagen lässt und jede Menge Computer der Edelmarke „Appel". Alles in allem war das Zeug einige tausend Euro wert.  Es bedurfte nicht viel Phantasie um zu ahnen, dass nur ein Bruchteil der Technik gekauft war. Das meiste war Hehlerware oder selbst geklaut.

Die Häuser ringsum waren in einem etwas besseren Zustand. Dennoch: der Stadtteil Mühlenberg ist nicht gerade die beste Adresse in Hannover. Er gilt als sozialer Brennpunkt in dem es immer wieder zu Konflikten zwischen Migranten verschiedener Nationalitäten kommt. Der Anteil der Jugendkriminalität ist hier höher als anderswo. In der Verwaltung sprach man daher von einem sogenannten „Problemstadtteil". Diese Situation war den politisch Verantwortlichen der Landeshauptstadt schon lange ein Dorn im Auge. Aber, wie so oft, wurde viel geredet.  Konkrete Maßnahmen gab es aber nur vereinzelt.

In den letzten Wochen war es um das Duo ruhig. Sie lebten von den Einnahmen ihrer „Ladies" wie sie ihre Prostituierten nannten. Tagein tagaus lungerten sie in den Dönerbuden und Kneipen des Stadtteils herum. Sie fuhren in die Innenstadt von Hannover, um sich mit einigen Kumpels aus dem Rotlichtviertel am Steintor zu treffen, einen draufzumachen oder sich in den Hinterzimmern zu illegalen
Pokerrunden zu treffen.

Kevin wurde es langsam zu eintönig. Er wollte es mal wieder richtig krachen lassen.

>>In Isernhagen soll es doch genügend reiche Säcke geben. Gegen einen ordentlichen Bruch hätte ich nichts einzuwenden,<<
schlug er vor.

>>Du bist doch nicht ganz dicht! Sei froh, dass sie dich vor zwei Monaten nicht hochgenommen haben. Deine Handschrift ist doch bei der Justiz bekannt,<<
erwiderte Ben ungehalten.

>>Schalte bitte einmal in deinem verkorksten Leben den Verstand ein. Die nächsten Jahre werden wir keine Einbrüche mehr machen. Die haben uns doch seit deiner letzten Verurteilung ganz oben auf dem Zettel.<<

Ben und Kevin waren keine unbeschriebenen Blätter. Ihre Strafregister lasen sich wie die Kapitel des Strafgesetzbuches. Verurteilungen wegen Diebstahl, Körperverletzung, Raubüberfall und Einbruch. Alles in allem hatten die Zwei gut und gerne fünfzehn Jahre Knast auf dem

Buckel. Angesichts der Tatsache, dass Ben und Kevin Mitte Vierzig sind, ist dies schon eine stattliche Ganovenkarriere. Die zahlreichen Straftaten für die sie nicht belangt wurden, soviel ist sicher, würden die Zwei für sehr lange Zeit aus dem Verkehr ziehen.

Ben und Kevin wurden oft unterschätzt, sie waren brutal und kompromisslos. Ben war der Klügere von Beiden und längst nicht so hitzköpfig. Er setzte mehr auf kluge Deeskalation. Wenn aber einmal bei ihm die Sicherung durch knallte, wurde es für den Gegenüber ziemlich böse. Ben wurde regelrecht zum Pit Bull. Nicht selten endete dies für den Gepeinigten mit Platzwunden, Knochenbrüchen oder anderen Blessuren.

So geschehen vor wenigen Wochen in Linden:

>> He, du da!<<
Baute sich Kevin breitbeinig vor einem Farbigen auf, der zufällig aus einem Hauseingang in der Elisenstraße in Hannover Linden trat. Er war noch etwas größer als Kevin.
>>Meinen Sie mich?<<
Erwiderte der Farbige.
>>Lass den Scheiß!<<
Mischte sich Ben ein.
Kevin ignorierte Bens Einwand.
>>Na klar, du Penner! Siehst du hier vielleicht noch einen anderen Niggerarsch? Willst wohl nicht mit uns reden? Bist dir wohl zu gut für uns?<<

Keifte Kevin mit feuchter Aussprache.

>>Lassen sie mich bitte in Ruhe! Ich will keinen Streit!<<
Lautete die Antwort.

Kaum hatte der etwa 1,90 Meter große und kräftig gebaute Schwarze seinen Satz beendet, schlug Kevin voll mit einer Holzlatte, die er einige Meter zuvor von einem Sperrmüllhaufen genommen hatte, seinem Gegenüber in die Seite.

>>Wer glaubt, er sei was Besseres, der kriegt was auf sein dreckiges, schwarzes Maul!<<
Schrie Kevin beim Zuschlagen.

Blitzschnell warf sich der Schwarze herum und verpasste Kevin aus der Drehung einen vollen Schlag ins Gesicht. Es krachte fürchterlich. Kevin verdrehte seine Augen und sank zu Boden.

Gerade machte sich der Farbige daran, das Weite zu suchen, da sprang Ben auf ihn zu und schlug und trat auf ihn ein. Immer und immer wieder trafen den Farbigen Schläge ins Gesicht und in den Unterleib.

Schon taumelnd und mit schwindenden Kräften, aus Mund und Nase blutend, nahm er all seine Kraft zusammen und trat mit aller Wucht Kevin, der sich gerade wieder aufgerappelt hatte, an die Stirn. Kevin ging in die Knie und hielt sich mit schmerzverzerrtem Gesicht den Kopf. Von der Stirn tropfte Blut, er kippte vorn über und blieb regungslos liegen.

Plötzlich blitzte etwas Blankes auf. Ben hatte ein Messer gezückt und stieß es mit voller Wucht in die Richtung des Schwarzen.

>>Hier, nimm dies du schwarze Sau!<<
Schrie Ben in voller Wut.

Der Farbige konnte der Attacke nicht schnell genug ausweichen. Ein brennender Schmerz durchfuhr seinen Körper. Er war unterhalb der rechten Achselhöhle vom Messer getroffen. Ben wollte erneut zustechen, als in der Ferne Polizeisirenen heulten und immer näher kamen.

Kevin, der wieder zu sich gekommen war hielt sich die rechte Wange und röchelte:

>>nichts wie weg, die Bullen!<<

Er versetzte dem blutenden Farbigen, der vor Schmerzen gekrümmt am Boden lag, noch einen Tritt ins Gesicht und verschwand in Richtung Limmerstraße. Ben lief in Richtung Leine und verkroch sich in einem Hinterhof in der Nähe des Ehlers Gelände – einem Kulturzentrum in einer ehemaligen Bettfedernfabrik - zwischen Müllcontainern und wartete ab.

Solche oder ähnliche Szenen ereigneten sich immer wieder. Allerdings erfuhren Ben und Kevin selten so viel Widerstand.

Es hieß, der Marktleiter eines Supermarktes an der Bornumer Straße sei an den Verletzungen, die Ben und Kevin im bei einem Überfall beigebracht haben sollen, im

Krankenhaus Siloah gestorben. Die Täter konnten nie ermittelt werden. Ben und Kevin wurden zwar neben vielen anderen Verdächtigen zur Tat befragt aber die Alibis, die sie sich verschafften, waren hieb- und stichfest. Der ungeklärte Fall liegt noch immer auf dem Aktenstapel der Staatsanwaltschaft.

>>Es gab weder Augenzeugen noch gibt es eine heiße Spur,<<
so der Sprecher der Staatsanwaltschaft Hannover.

>>Nach mehreren Stunden Verhör mussten wir alle Tatverdächtigen wieder auf freien Fuß setzen. Wir sind aber sicher, dass der Marktleiter durch Personen aus dem unmittelbaren Umfeld des Supermarktes getötet wurde. Die Tatwaffe, ein stumpfer Gegenstand, wurde bisher nicht gefunden,<<
kommentierte damals der Sprecher auf der Pressekonferenz.

# 3

Ben und Kevin saßen im Columbus an der Bar und genehmigten sich ein Bier nach dem anderen.

Das Columbus, ist eine ziemlich verruchte Kneipe im Steintorviertel. Hier ist die Polizei Stammgast. Fast jeden Monat gibt es eine Razzia. Nicht selten werden die Beamten dabei fündig und stellen Drogen und Waffen sicher. Hin und wieder geht auch eine Prostituierte, die sich illegal in Deutschland aufhält, dabei ins Netz. Es geht im Columbus aber noch härter!

Erst vor einigen Wochen wurden im Columbus zwei Personen nach einem Streit über Fußball erschossen. Der bekannte Täter stellte sich einige Tage später der Polizei.

Es war erst 11:00 Uhr am Vormittag und im Lokal saßen einige wenige Stammgäste. Ein abgerissener Typ lag schlafend mit dem Kopf auf der Theke. Er war sicher einer von den Übriggebliebenen der letzten Nacht. Der Wirt, ein hageres Fiesling, stand unrasiert mit Zigarette im Mundwinkel am Zapfhahn. Ben und Kevin quatschten mit ihm über das bevorstehende Spiel der *„Roten"*, wie die Mannschaft von *„Hannover 96"* liebevoll genannt wird. Kevin ereiferte sich über die Einschätzung von Paul, dem Mann am Zapfhahn. Er hatte auf ein 3:1 für Hoffenheim getippte.

>>Du bist doch nicht ganz sauber Paul!<<

>>Wieso, nicht ganz sauber? Die Roten sind doch im Augenblick völlig neben der Spur,<<
lachte Paul.

>>Pass auf, was du sagst! Sonst schnitze ich dir eine 96 auf den Arsch,<<
blaffte Kevin den Wirt an und fuchtelte dabei wild mit seinem Messer herum.
Ben schüttelte den Kopf und mischte sich ein.

>>Ihr seid doch beide nicht ganz dicht! Ist doch scheiß egal wie die spielen. Gib mir lieber noch ein Bier und denk dran was vor ein paar Wochen hier los war. Wechselt lieber das Thema.<<

Plötzlich klingelte Bens Handy. Am anderen Ende war eine Frauenstimme die nach Ben verlangte.

>>Ist dran. Wer will was, wie und warum?<<
fragte Ben.

>>Mein Name tut im Moment nichts zur Sache. Ich habe Ihre Nummer von einem Gunnar, dem Wirt vom *„Harry Eck"*, falls Gunnar sein richtiger Name ist. Können wir uns irgendwo treffen?<<
Fragte die Frau am anderen Ende der Leitung.
Den Wirt vom *„Harry Eck"* in der Nordstadt, hatte sie zufällig im *„Waterloo Biergarten"* kennen gelernt.

>>Ich treffe mich nur mit Menschen, die mir sagen was sie wollen!<<

>>Nicht am Telefon. Eins nur vorweg, es wird nicht Ihr Schaden sein.<<

Bens Neugier war geweckt. Die Wirkung der morgendlichen Biere war schlagartig verflogen und er war hellwach.

>>Haltet doch mal das Maul!<<
brüllte Ben und unterbrach die mittlerweile lautstarke Diskussion.

>>Ich habe hier eine Dame am Telefon. Also benehmt euch.<<

>>Tut mir leid Gnädigste, ich musste mal kurz für Ruhe sorgen,<<
wandte sich Ben wieder seiner Gesprächspartnerin zu.

>>Also gut! Wir treffen uns morgen um die gleiche Zeit in der Eisdiele von Massimo.<<

>>Ist in Ordnung. Sie erkennen mich an meiner weißen Kleidung.<<

Es war 10:30 Uhr als eine außergewöhnliche Frau am Kröpke an den dortigen Zeitungskiosk trat und den Verkäufer um Auskunft bat.

>>Guten Tag,<<
sprach sie den Mann im Kiosk an.

>>Können sie mir liebenswürdigerweise verraten, wie ich die Eisdiele von Massimo finde?<<

>>Aber sicher. Es wäre mir ein besonderes Vergnügen sie selbst hin zu begleiten, Gnädigste. Aber leider kann ich hier nicht weg,<<
schleimte der dicke Typ im Kiosk.

>>Ich kann auf ihre Begleitung durchaus verzichten. Ich möchte von ihnen nur wissen, wie ich zu Massimos Eisdiele komme.<<

>>Schon gut, schon gut. Ich habe es nur nett gemeint. Also, sie brauchen nur geradeaus die Georgstraße hinunter zu gehen und kommen direkt auf den Steintorplatz. Dort sehen sie einen Pavillon, das ist die Eisdiele von Massimo,<< sprach er in einer versöhnlichen Tonlage.

>>Na also, geht doch. Herzlichen Dank für ihr Hilfe,<< bedankte sie sich und ging.

Die Eisdiele von „Massimo" bildet den Mittelpunkt des Steintorplatzes. Der runde Pavillon mit seinem Außengelände lud viele Beschäftigte aus der Umgebung und Kunden nach ihrer Shoppingtour zum verweilen ein. Massimo war in den vielen Jahren, die er schon die Eisdiele betrieb, zu einer hannoverschen Institution geworden.

Es war kurz vor 11:00 Uhr und Ben hatte am äußersten Tisch Platz genommen. Es war ein freundlicher, sonniger Tag. Von seinem Platz aus hatte er einen guten Überblick über den Steintorplatz. Hier konnte er in Ruhe mit seiner gestrigen Gesprächspartnerin reden ohne gestört zu werden.

Er schlürfte gerade an einem doppelten Espresso als eine elegante Erscheinung aus Richtung Georgstraße auf die Eisdiele zu kam. Ihr schulterlanges, schwarzes Haar wippte bei jedem Gang und glänzte in der Sonne. In ihrem schneeweißen Hosenanzug und der Sonne im Rücken, hatte die Situation etwas aus einem Film. Ihre schlanke Figur, die schwarzen Pumps und ihre Handtasche, unterstützten ihre Erscheinung. Sie wirkte gut betucht. Trotz der Tatsache, dass sie für Bens Geschmack eher ein bisschen zu mager war, wirkte sie auf Männer, und es schien, als sei sie sich dessen bewusst.

Ben wurde etwas unruhig beim Anblick dieser Schönheit. Sie hatte fasst den Pavillon erreicht und Bens Hormone spielten verrückt.

>>Ben bleib ruhig,<<
dachte er und beobachtete sie von seinem Platz aus eine Weile. Sie blickte suchend um sich und schaute nervös auf ihre Uhr. Ben wollte sie nicht länger im Ungewissen lassen und erhob sich von seinem Platz um sich zu erkenn zu geben. Er ging langsam in ihre Richtung als sie ihn erblickte und ihm entgegen kam.

>>Guten Tag,<<
hauchte sie Ben verführerisch entgegen.

>>Wunderschönen guten Tag. Nehmen Sie doch bitte Platz,<<
erwiderte Ben und zog sie förmlich mit seinen Blicken aus.

>>Darf ich ihnen etwas bestellen?<<
Fragte Ben mit einer Höflichkeit, die sonst nicht seine Sache ist.

>>Sehr gern. Ein Latte Macchiato und ein Sambuca wären nicht schlecht.<<

Ben war erstaunt.

>>Um 11:00 Uhr schon einen Kurzen. Das passt so gar nicht zu der Kleinen,<<

dachte er.

Ihre sichere Ausstrahlung schwand langsam und wich einer erkennbaren Nervosität. Die Bedienung kam und Ben bestellte wie gewünscht einen Latte Macchiato, einen Sambuca und für sich einen doppelten Espresso. Er ließ sie dabei nicht aus den Augen, was Carolin zusätzlich irritierte.

Der Schmuck den sie trug, fiel Ben sofort ins Auge. Die Klunker waren sicher nur bei den besten Adressen auf der Georgstraße zu finden und unterstrichen ihren Typ perfekt.

>>Was für ein Weib,<<

dachte Ben.

Er konnte sich ein leichtes Lächeln nicht verkneifen. Ihre Blicke trafen sich und auch sie lächelte etwas verlegen.

>>Jetzt nur cool bleiben. Wenn der merkt, dass ich mir vor Angst in die Hose mache, sind meine ganzen Überlegungen für die Katz,<<

dachte sie.

>>Sie sind also Benjamin Liwinski?<<

>>Und wer will das wissen Ladie?<<

Konterte Ben.

>>Ich hatte sie gestern schon gefragt, was sie von mir wollen? Was für ein Geschäft kann mir eine Frau wie sie, aus gutem Hause, und gut betucht, vorschlagen? Mit wem habe ich überhaupt das Vergnügen?<<

>>Mein Name ist Carolin von Oppermann. Ich brauche ihr Hilfe.<<

>>Oh, eine Adlige braucht meine Hilfe,<<
lachte Ben ihr entgegen.
Er wartete auf die Reaktion seiner Worte. Diese ließ nicht lange auf sich warten.

>>Nein, nein! Der Name stammt zwar von einem alten Adelsgeschlecht, mehr aber auch nicht.<<

>>Schon gut! Also, wo kann ich helfen und was springt für mich dabei raus?<<
Kam Ben zur Sache.

>>Ich sagte schon am Telefon, dass ich ihre Hilfe benötige, es wird sich für sie lohnen.<<

Als sie Details erläutern wollte, trat die Bedienung an den Tisch und reichte die Bestellung. Die Beiden bedankten sich und Ben wiederholte seine Frage.

>>Wo kann ich nun helfen? Soll ich ihren Göttergatten ins Jenseits schicken?<<
Lachte Ben.

>>So was ähnliches.<<
antwortete Carolin selbstbewusst. Aber im Inneren war sie angespannt wie eine Bogensehne.

>>Nicht meinen Göttergatten. Ich bin nicht verheiratet. Nein, Sie sollen meine Mutter beseitigen.<<

Ben, der bis eben recht locker in seinem Stuhl saß, verschlug es die Sprache. Er richtete sich auf und atmete tief durch.

>>Upps! Ich habe mit allem gerechnet, nur nicht damit. Dass ich einen Mordauftrag präsentiert kriege, haut mich um! Das ist schon eine Nummer! In meiner Karriere habe ich schon einiges gemacht, Mord gehörte bisher nicht dazu. Sie müssen bescheuert sein!<<

Platzte es recht wirsch aus ihm heraus.

>>Ich bin ziemlich sprachlos und das will bei mir schon was heißen. Da kommt eine junge Frau, gut aussehend, aus einer anderen Welt an meinen Tisch und hegt ein Mordkomplott gegen die eigene Mutter,<<

sagte er noch immer irritiert.

>>Als ich sie vorhin sah, hatte ich weiß Gott andere Gedanken. An einen Mord hätte ich als letztes gedacht. Wer sagt dir eigentlich, dass ich so etwas erledige?<<

Duzte er sie jetzt.

>>Wir kennen uns nicht und du kommst hier her und erklärst mir an diesem sonnigen Tag, dass ich deine Mutter einen Kopf kürzer machen soll. Im Allgemeinen liebt man seine Mutter!<<

Carolin spürte, dass ihre anfängliche Angst verflog. Sie trat die Flucht nach vorne an.

>>Sie wurden mir als harter Hund geschildert der vor nichts Angst hat. Aber, wenn die Sache für sie eine Nummer zu groß ist, lassen wir das Ganze besser bleiben,<<

sprach sie selbstsicher aber mit Herzklopfen.

Carolin erhob sich von ihrem Platz, legte einen Schein auf den Tisch und wollte sich gerade von Ben verabschieden als er das Wort ergriff.

>>Langsam, langsam meine Schöne. Erstens entscheide ich wann das Gespräch beendet ist, zweitens kneife ich grundsächlich vor nichts und niemanden und drittens kannst du mich ruhig duzen. Du kannst Ben zu mir sagen, wir sind ja quasi Komplizen. Wenn ich dich verpfeife, wären dir einige Jahre Knast sicher. Das ist dir klar, oder?<<

>>Heißt das, dass du es machst?<<
Duzte sie ihn jetzt auch.

>>Nicht so eilig mein Engel. Wir sollten das bei einem Spaziergang in Ruhe besprechen. Hier ist nicht der richtige Ort.<<

Sie beglichen die Rechnung und gingen auf getrennten Wegen in Richtung Nicolai Friedhof. Ben nahm sein Handy und rief Kevin an.

>>Hi, Kevin! Kümmere dich doch mal die nächsten Tage um unseren Gunnar. Wenn du weißt, was ich meine. Der redet mir zu viel.<<

Im Hof des „Harry Eck" in der Nordstadt wurde Gunnar der Wirt, von Stammgästen gefunden. Er war brutal zusammengeschlagen worden. Er lag zwischen Bierkisten und Kartons. Mit gebrochenem Nasenbein, gebrochenen Rippen und übersät mit Blutergüssen wurde er ins nahe gelegene Nordstadt Krankenhaus eingeliefert.

# 4

Carolin und ihre Mutter Monika von Oppermann, lebten in einer alten, riesigen Jugendstielvilla in Gehrden.

Die kleine Stadt Gehrden liegt etwa 20 km westlich vor Hannover. Die Gemeinde beherbergt einige wohlhabende Einwohner. Hier wohnen Millionäre in abgeschiedener Anonymität, die sie sehr zu schätzen wissen.

Monika von Oppermann war eine steinreiche Witwe. Sie war geschätzt Mitte vierzig, tatsächlich war sie Anfang fünfzig. Sie hatte langes blondes Haar und eine phantastische Figur. Ein kleines Muttermal auf der linken Wange rundete ihre leicht verruchte Aura ab. Für Anfang fünfzig wirkte sie sehr jugendlich. Sie war ein echter Hingucker der die Hormone mancher Männer durcheinanderwirbeln konnte. Von Ihrem Mann, der Anfang 1991 an Krebs verstarb, erbte sie Gelder und Immobilien in einem Gesamtwert von sage und schreibe 85 Millionen Euro. Über die Liegenschaften, Firmen und das Barvermögen, hatte sie anfangs keinen Überblick.

Viele Männer aus der niedersächsischen Promiszene lagen ihr zu Füßen. Sie genoss diese Aufmerksamkeit nach dem Tode ihres Mannes in vollen Zügen. Bei den Frauen aus der Szene erntete sie hierfür nur Neid aber auch Verachtung.

Sie streuten Gerüchte, dass ihr Aussehen nur durch die begnadeten Hände der Schönheitschirurgen zu erklären sei.

Am meisten jedoch neidete ihr ihre Tochter das Aussehen und ihren Erfolg bei Männern. Der Neid entwickelte sich seit der Silvesternacht 1998 zu regelrechtem Hass.

Die schöne Monika – wie sie von ihren Verehrern genannt wurde – hatte, was Männer und Beziehungen betraf, keine Skrupel. Sie genoss ihr Leben und lies auf gut Deutsch nichts anbrennen.

Silvester 1998, zu fortgeschrittener Stunde trieb sie es mit dem Freund ihrer Tochter. Paul Masche, Carolins Freund, war ein großgewachsener, dunkelhaariger Typ. Ein Mannsbild, das große Wirkung auf das andere Geschlecht hatte.

Als Carolin, Paul mit Monika in flagranti erwischte, brach für sie eine Welt zusammen. Dass Paul und Monika heute noch unter den Lebenden weilen, ist dem Umstand zu verdanken, dass Carolin über keine Waffe verfügte. Sie hätte beide in ihrem Zorn getötet. Das war sicher, wie das Amen in der Kirche.

Monikas Affären dauerten im Allgemeinen wenige Wochen. Das mit Paul war jedoch nur ein einmaliger Ausrutscher. Paul kehrte reumütig zu Carolin zurück. Verziehen hat sie ihm den Seitensprung aber nie.

Seit der besagten Silvesternacht war die Beziehung zwischen Mutter und Tochter auf dem Tiefpunkt. Carolin sprach mit Monika nur noch das Notwendigste und vermied nach Möglichkeit jeden Kontakt mit ihrer Mutter. Angesichts der Tatsache, dass beide unter einem Dach lebten, war dies fast unmöglich.

Monika fand ihr Verhalten albern und kindisch.

>>Stell dich nicht so an. Wir waren Silvester alle gut drauf, der Champagner, eben die ganze Atmosphäre, da ist es halt passiert. Es war ein harmloser Fick, ohne jede Bedeutung. Ich will dir doch deinen Paul gar nicht wegnehmen,<<
hatte sie damals gesagt.

>>Gönne deiner alten Mutter auch mal ein bisschen Spaß.<<

Carolin empfand diese Worte demütigend und unwürdig. Wäre nicht ihr anderes Umfeld gewesen, hätte sie umgehend das Haus verlassen.

Dank Tanja, der Haushälterin, Hans-Georg, dem Gärtner, Luisa, der Köchin, Erich, dem Fahrer und den beiden Dobermännern, Nero und Cäsar war das Leben in der Villa für Carolin erträglich geblieben.

Mit Tanja, die schon über fünfzehn Jahre in den Diensten von Monika von Oppermann und ihrem verstorbenen Mann steht, verbindet Carolin eine freundschaftliche Beziehung. Für Carolin ist sie eine Art Mutterersatz.

Die propere Polin ist stets gut gelaunt. Mit ihrem Wesen musste man sie nach kürzester Zeit ins Herz schließen. Als Alexander von Oppermann noch lebte, war es im Hause Oppermann sehr harmonisch. Das Zusammenleben glich dem einer großen Familie. Seit seinem Tod mussten alle unter den Launen von Monika leiden. Besonders traf es Tanja.

Hans–Georg ist eher ein reservierter Typ. Weder Monika noch Carolin wurden richtig schlau aus ihm. Der bereits leicht angegraute Hans–Georg, dessen Alter nur die damaligen Bewerbungsunterlagen und sein Ausweis kennen, stammt aus einer alten Gärtnerfamilie. Bis zur Insolvenz war die Gärtnerei und Baumschule seiner Eltern eine bekannte Adresse am Deister.

Auch der Fahrer Erich ist ein ruhiger Vertreter. Nicht so reserviert wie Hans–Georg aber ausgestattet mit einer Art Diskretion, die neben den soliden Fahrkünsten, einen guten Fahrer ausmacht.

Dann ist da noch die Köchin Luisa. Luisa ist erst seit knapp drei Jahren in den Diensten von Monika. Die Vorgängerin wurde von Monika gekündigt, weil Monikas damaliger Liebhaber sie nicht ausstehen konnte. Jeder im Haus wusste jedoch, dass er versucht hatte, die hübsche Sandra zu verführen. Der Versuch endete kläglich mit einer schallenden Ohrfeige. Monika löste das Problem auf ihre Weise. Sie entledigte sich zum einen einer potentiellen Konkurrentin und gab zum anderen ihrem Liebsten zu verstehen, dass er nach ihrer Pfeife zu tanzen hat.

Die Beziehung hielt nicht einmal mehr einen Monat, dann suchte er das Weite.

Luisa ist gebürtige Italienerin. Sie lebte mit ihrer Familie bis vor sieben Jahren in Mailand. Luisa ist eine sehr ruhige Vertreterin. Sie strahlt eine gewisse Gemütlichkeit aus. Trotz der sieben Jahre, die sie jetzt bereits in Deutschland lebt, hat sie noch immer erhebliche Probleme mit der deutschen Sprache. Ihr stattlicher Umfang war durchaus vergleichbar mit dem Volumen von Tanja. Wenn die beiden nebeneinander durch die Flure schaukelten, erinnerte das Bild ein wenig an den Blick eines Kutschers auf die Hinterteile seiner Pferde. Luisa fiel einerseits durch ihr Volumen auf, andererseits und das vor allem, durch ihre außergewöhnlichen Kochkünste. Weder das Alter, noch das Aussehen stellten für Monika eine Konkurrenz da. Sie hatte bei der Suche nach einer neuen Köchin peinlichst darauf geachtet. Luisas Kochkünste allerdings würden jeden Mann betören, der nicht in erster Linie das Aussehen einer Frau in den Vordergrund stellt. Es war schier unglaublich, was sie aus zum Teil einfachsten Zutaten zauberte. Ob es schlichte Pasta in Knoblauch und Öl geschwenkt oder ihre schon legendären Antipasti waren, alles hätte in den italienischen Lokalitäten der Landeshauptstadt jeden Gast begeistert.

Nicht zuletzt sollen hier Nero und Cäsar erwähnt werden. Sie sind Carolins Lieblinge. Jede freie Minute verbringt sie mit den bildschönen Dobermännern. Sie tollt mit ihnen im Garten herum oder machte mit ihnen ausgiebige Spaziergänge durch den Benther Berg. Die Dobermänner sind im Grunde ein wenig Ersatz für die verlorene Liebe zu Paul.

Die Liebe zu Paul nach dem Seitensprung mit ihrer Mutter, war zerbrochen. Die Chance, sie wieder zum Leben zu erwecken, wurde von Tag zu Tag unwahrscheinlicher. Zu tief saß der Schmerz. Paul gab sich zwar redliche Mühe ihre Liebe neu zu entfachen, doch alle Versuche waren vergebens.

Er bedauerte seinen Fehltritt mit Monika aufrichtig. Jede sich ergebene Möglichkeit nutzte er, um Carolin davon zu überzeugen, dass er nur sie, sie und keine andere Frau liebte.

Auch Carolin sehnte sich insgeheim nach seinen Berührungen. Die zärtlichen Küsse mit seinen samtweichen Lippen spürte sie in Gedanken auf ihrer Haut. An allen Stellen ihres Körpers hatte er sie liebkost und jedes Mal durchfuhr ein schöner Schauer ihren ganzen Körper. Sie war wie Wachs in seinen Händen. Er war ein leidenschaftlicher, zärtlicher Liebhaber. Nie zuvor hatte sie für einen Mann solche Gefühle entwickelt. Noch immer verzehrte sie sich nach ihm, aber ihr verletzter Stolz und ihr Schmerz waren stärker. Vielleicht hätte sie verzeihen können, wenn es nicht gerade Monika gewesen wäre. Ein Seitensprung mit der eigenen Mutter war für Carolin eine zu tiefe Verletzung.

Bis zum Herbst kämpfte Paul um die Zuneigung und Liebe von Carolin. Nicht ein einziges Mal seit der Silvesternacht lies Carolin einen Kus oder eine Umarmung zu. An eine gemeinsame Liebesnacht war schon gar nicht zu denken. Paul war sich aber sicher, das sich auch Carolin nach seinen Berührungen sehnte so wie er sich nach den ihren. Die vielen schönen Stunden gemeinsamer Nächte und gemeinsamer Unternehmungen konnten unmöglich vergessen sein. Wie glücklich sie doch waren. Wie kleine

Kinder lachten und scherzten sie. Das alles hatte Paul für einen kurzen Seitensprung aufs Spiel gesetzt. Wie dumm er doch war. Im Herbst 1998 reiste Paul enttäuscht und ohne Hoffnung nach München, seine alte Heimat. Er kehrte nie mehr zurück.

# 5

Carolin und Ben trafen sich an der Ruine der kleinen Kapelle. Der Nicolaifriedhof lag nur fünf Fußminuten vom Steintorplatz entfernt. Eigentlich war es gar kein richtiger Friedhof mehr. Schon viele Jahrzehnte lagen hier schon keine Bestatteten mehr. Nur die historischen Grabsteine erinnerten an den einstigen Zweck dieses Areals. Um die Mittagszeit hielten sich in der parkähnlichen Anlage viele Spaziergänger auf, die mit ihrem Hund Gassi gingen oder ihre Mittagspause hier verbrachten.

Ben sah sich nach allen Seiten um, um sich zu vergewissern, dass sie von niemandem belauscht werden konnten.

>>So mein schönes Kind. Nun schieß mal los. Warum soll deine Mutter über die Klinge springen?<<

>>Das ist eigentlich ganz einfach. Meine Mutter hat vor einigen Jahren von ihrem Mann ein riesiges Vermögen geerbt. Zusätzlich habe ich mit ihr noch eine private Rechnung offen über die ich nicht reden möchte. Zusammengenommen sind das Gründe genug für mich ihr den Tod zu wünschen,<<

erklärte Carolin die Situation und fuhr fort.

>>Wenn Monika, also meine Mutter stirbt, bin ich alleinige Erbin dieses Vermögens. Ihre Zwillingsschwester ist auch vor einigen Jahren durch einen Segelunfall ums Leben gekommen. Ihre Leiche wurde nie gefunden.<<

>>In eurer Familie sterben sie ja wie die Fliegen. Einer hat Krebs, eine säuft ab und ich soll die böse Mutter ins Jenseits befördern,<<
kommentierte Ben sarkastisch.

>>Verstehst du, ich erbe alles und würde mich bei dir mit einer stolzen Summe erkenntlich zeigen.<<

>>Das ist knallharter Mord! Ist dir das klar?<<
Bemerkt Ben mit Kopfschütteln.

>>Bist du dir im Klaren, dass du wegen Anstiftung lebenslang einsitzen kannst. Mal ganz davon abgesehen, würde ich bei meinem Vorstrafenregister anschließende Sicherheitsverwahrung bekommen und für den Rest meines beschissenen Lebens einsitzen. Du bist ja jung und würdest bei guter Führung  noch vor der Rente rauskommen. Natürlich nur, wenn eine Lady wie du den Knast überlebt.<<

>>Natürlich ist mir das klar. Ich bin aber völlig verzweifelt und sehe keinen anderen Ausweg.<<

>>Das ist mir eine Nummer zu groß. Da musst du dir wohl einen anderen suchen,<<
sagte Ben, und klang dabei ziemlich endgültig.

>>Aber denk doch mal an das viele Geld,<<
hielt sie dagegen.
Ihr Gespräch klang, als würden sie sich schon jahrelang kennen und schon des Öfteren  solche Pläne geschmiedet hätten.

>>Sag mir eine Summe, für die du es machen würdest. Egal wie hoch,<<
stammelte sie.

>>Du meinst es wirklich ernst!? Also gut, ich werde es mir überlegen und muss das Ganze noch mit meinem Kumpel besprechen. Wir treffen uns am Freitag, also in drei Tagen, im Waterloo Biergarten um 12:00 Uhr. Der Biergarten ist dir ja bekannt. Und noch was, donnere dich nicht so auf, wir fallen zu sehr auf. Und Telefonate nur noch über Karten-Handy oder Telefonzelle.<<

Ben und Kevin saßen in ihrer Bruchbude im Canarisweg und diskutierten heftig.

>>Das ist doch geil, so viel Kohle. Uns würde die Welt zu Füßen liegen. Weiber, Autos und schicke Klamotten,<< tönte Kevin euphorisch.

>>Ja, ja! Du blendest mal wieder dein Hirn aus. Das ist alles nicht so einfach wie du dir das mal wieder vorstellst. Von wegen, hingehen, umlegen und weg,<< hielt Ben ihm zweifelnd entgegen.

Die Debatte dauerte noch einige Stunden mit viel Bier, bis die beiden zwischen leeren Flaschen und Chipstüten voll bis zum Rand auf dem versifften Sofa einschliefen.

Carolin verließ den Nicolaifriedhof in Richtung Parkhaus in der Osterstrasse wo sie ihren Mercedes SL geparkt hatte. Auf dem Weg überkam sie mächtiger Hunger, und sie machte noch einen Abstecher zur Markthalle.

Die Markhalle in Hannovers Innenstadt hat sich in den letzten Jahren mehr und mehr zu einem Treffpunkt der unterschiedlichsten Leute entwickelt. Ob es nun die Tüten bepackten Käufer, die Schicki Mickis aus der Altstadt oder die Beschäftigten aus den vielen Behörden im Umkreis waren, alle fühlten sich hier wohl. „Hannovers Bauch", wie die Markhalle von den Einheimischen liebevoll genannt wird, bietet seinen Gästen Spezialitäten aus aller Herren Länder und die Atmosphäre ähnelt den, der Markthallen im Süden, die jeder in seinem Urlaub schon einmal besucht hat.

Carolin steuerte den kleinen Asiaten mit seinen leckeren Kleinigkeiten an. Die Restaurantecke war nicht mal so groß wie das Esszimmer der Villa in Gehrden. Über den Tischen hingen mit rotem Stoff bespannte und mit Fransen verzierten Lampen. Vielleicht war es der alte Chinese, der mit breitem Grinsen hinter der mit kitschigen Drachen bestückten Theke stand, und der Restaurantecke diese besondere Atmosphäre gab.

>>Der ist ja knuffig!<<
Dachte Carolin.

>>Hallo schöne Flau, was kann ich ihnen Gutes tun?<<
Fragte der Alte höflich.

>>Heute habe ich als Mittagstisch Ente süß sauel mit Leis und pikantel Soße,<<
ergänzte er seine Frage.

>>Danke, aber ich hätte gern vorweg eine „Frühlingsrolle", dann die Nummer 48 „Acht Kostbarkeiten süß sauer" und ein Gläschen warmen „Reiswein".<<

>>Wie sie wünschen. Eine „Flühlingslolle", einen walmen „Leichswein" und „Acht Kostbalkeiten süß sauel",<<
wiederholte der Alte erneut in höflichem Ton die Bestellung.

>>Kommt sofolt.<<

Carolin nahm auf einem der Barhocker an der Fensterfront Platz. Von hier aus hat man einen super Ausblick auf die Karmarschstraße und das bunte Treiben. Beim Hinsetzen nickte ihr ein Typ am Nebenplatz kaum merkbar zu. Sie erwiderte mit einer kleinen Kopfbewegung den Gruß. Sie öffnete ihre Handtasche, nahm ihr Puderdöschen heraus, puderte sich Nase und Stirn und verstaute alles wieder am alten Platz.

Die Markthalle füllte sich merklich. Immer mehr Leute strömten durch die Gänge auf der Suche nach einem schmackhaften Mittagstisch.

>>Die 48 für die Dame!<<

Tönte es hinter der Theke weg.

Carolin erhob sich und nahm ihre Bestellung entgegen.

>>Lassen sie es sich schmecken!<<

>>Danke, sie sind sehr freundlich,<<

gab sie zurück.

Sie nippte am Gläschen und ihre Gedanken flogen alsbald zurück zu ihrem Gespräch mit Ben.

>>Ob er es machen wird? Vielleicht ist dass alles nur ein schwachsinniger Plan und ich sollte es vergessen. Was ist, wenn das alles schiefgeht? Meine genaue Adresse kennt Ben nicht. Was soll also passieren, wenn ich mich nicht mehr melde?<<

Zermarterte sie sich ihren Kopf.

Sie stocherte planlos in ihrem Essen. Tausend Gedanken gingen ihr durch den Kopf und sie bekam keinen

Bissen herunter. Sie stürzte ihren Reiswein hinunter, schnappte sich ihre Handtasche und verließ fluchtartig die Markthalle.

Ben und Kevin erwachten langsam, wie aus einer Narkose aus ihrem Alkoholrausch. Es war schon früher Nachmittag. Kevin quälte sich vom Sofa hoch und blinzelte ins Licht. Ben nutzte den Platz, den Kevin gerade frei gemacht hatte und streckte sich noch mal aus.

>>Kevin, geh mal rüber zu den Ladies, es muss mal wieder Kasse gemacht werden. Die Wochenmiete ist fällig. Auf einem Wege, kannst du was zum Essen vom „Pommes Peter" mitbringen.<<

>>Und warum gehst du nicht selber? Ich bin doch nicht dein Dackel!<<

Protestierte Kevin.

>>Ganz einfach, weil du das machst, was ich dir sage. Ich bin nicht nur klüger sondern auch der Ältere! Also, pack dich und mach dich auf den Weg. Wenn du wieder da bist reden wir noch mal über den bekloppten Plan.<<

Ungewaschen und unrasiert verließ Kevin die Bude und grummelte sich noch einige Bemerkungen in den Bart.

Nach einer 3/4 Stunde betrat Kevin die Küche und knallte ein Bündel Euroscheine und zwei Portionen Curry Wurst mit Pommes Rot Weiß auf den Tisch. Ben zählte das Bündel Scheine durch und teilte es in zwei Teile.

>>Ich glaube ich muss mal mit den Ladies ein ernstes Wort reden, die glauben wohl sie sind im Urlaub. Knapp

Fünftausend in einer Woche sind ziemlich dürftig. Glaubst du, die zweigen was ab!<<

>>Nee, nee! Die haben zu viel Muffe, dass es was auf die Zwölf gibt!<<

Lautstark diskutierten die Beiden im ersten Stock des Wohnsilos im Canarisweg.

>>Was schlägst du vor Ben?<<
Fragte Kevin.

>>Machen wir es oder lassen wir die Finger von der Sache?<<

>>Überleg mal. Was kann eigentlich passieren? Weder die Bullen noch irgendjemand anderes kann uns mit der schönen Carolin in Verbindung bringen.<<

>>Und was ist wenn die Kleine von den Bullen in die Mangel genommen wird und uns verpfeift?<<
Gab Kevin zu Bedenken.

>>Die Gefahr besteht natürlich. Aber es ist schon komisch! Gestern hattest du keinerlei Bedenken und schon die Dollarzeichen in den Augen. Und jetzt geht dir die Muffe?<<
Lachte Ben.

>>Wenn sie uns verpfeifen würde, wäre sie selber am Arsch und fährt in die Hölle. Aber was würdest du von einem gut gemachten Unfall halten? Dann kommen die Bullen nicht auf die Idee, dass die reiche Lady ermordet wurde,<<
schlug Ben vor.

>>Meinst du nicht, dass einer aus der Familie Verdacht schöpfen könnte?<<

>>Nein, hast du schon vergessen, dass die Alte keine Verwandten außer Carolin hat. Und ihre Lover hat sie auch nur wochenweise. Wer sollte also Interesse an einer Untersuchung haben?! Ich schlage vor, wir nehmen den Job an, kassieren ab und verlassen diese gottverdammte Gegend. Wenn wir uns im Süden ein schönes Plätzchen suchen, fragt auch keine Socke nach unseren Vorstrafen. Vielleicht machen wir dort ein schickes Lokal auf und lassen die Puppen tanzen. <<

>>Das kling gut!<<

Es war 12:00 Uhr und Carolin nippte an ihrem Wasser. Der Biergarten hatte vor einer Stunde geöffnet und es hatten sich erst wenige Leute hier her verirrt.

Ein Taxi fuhr vor. Ben stieg aus und ging geradewegs auf den Eingang an der Schützenstraße zu. Schon nach wenigen Metern erblickte er Carolin. Sie trug einen Trainingsanzug und machte einen verschwitzten, abgekämpften Eindruck. Bei jedem Schritt knirschte der Kies unter seinen Schuhen.

>>Hallo, schöne Frau. Darf man sich setzen?<<

>>Mann darf,<<

erwiderte sie locker und selbstsicher.

>>Du solltest dich zwar nicht so aufdonnern, aber von verkleiden war keine Rede.<<

>>Das ist keine Verkleidung, ich habe die Gelegenheit genutzt und war schon am Maschsee eine Runde Joggen.<<

>>Sportlich, sportlich. Jetzt weiß ich woher du diese Figur hast. Wenn das hier alles erledigt ist, könnten wir ja mal über ein Date nachdenken,<<

baggerte er sie an.

>>Danke, keinen Bedarf!<<

Ben fragte ob sie noch etwas trinken möchte. Nachdem sie verneint hatte, ging er sich eine Cola holen und nahm wieder bei ihr Platz.

>>Cola? Bist du krank?<<

>>Nein aber es war die letzten Tage etwas hart. Lass uns zur Sache kommen.<<

Er zischte seine Cola in einem Zug weg und kommentierte:

>>Ich habe einen Brand, ich könnte ein Kleinkind vom Topf reißen.<<

Sie ging auf seinen Spruch nicht weiter ein und fragte ungeduldig.

>>Ja, und? Was hast du mit deinem Kumpel besprochen? Was habt ihr entschieden?<<

>>Wir sind dabei! Du hast uns also soeben engagiert! Aber folgende Bedingungen haben wir: Wir entscheiden wann, wo und wie die Sache läuft,<<

sprach er jetzt mit ernstem Ton.

>>Wir wollen 5% von deinem Erbe auf ein Schweizer Konto, das du für uns einrichtest.<<

>>Was? Höre ich richtig? 5%! Das sind ja mehr als vier Millionen.<<

>>Dann hätten wir das ja auch besprochen,<<

ließ er sie nicht mehr zu Wort kommen.

>>Wir halten schließlich unseren Arsch in der Sache hin und du kannst anschließend mit vielen Millionen dein luxuriöses Leben ohne deine geliebte Mutter weiterführen.<<

Warum musste Carolin in diesem Moment nur an Paul denken?

>>Wie es ihm wohl geht? Warum musste das alles nur so kommen? An allem ist nur diese Schlampe Monika schuld, ich wollte sie wäre tot!<<

>>Hörst du mir noch zu?<<
Brach Ben in ihre Gedanken ein.

>>Also noch einmal! Wir bekommen 5% und entscheiden allein, wie die Sache läuft. Ok?<<

>>Ja, ja! Ich bin ja nicht schwer von Begriff,<<
erwiderte sie verstört und leicht wütend.

>>Ich hatte an eine Million gedacht,<<
feilschte sie ohne es eigentlich zu wollen. Sie tat es instinktiv.

>>Ich bin nicht gekommen um mit dir zu verhandeln. 5% oder du musst es selber machen,<<
reagierte er mit bestimmtem Ton.

>>Ist ja gut. Aber dann will ich von nichts wissen und ihr haltet mich aus allem raus.<<

>>Das geht klar! Also, dass läuft wie folgt: Du richtest ein Nummernkonto ein und überweist die Kohle. Wenn die Sache erledigt ist, rufst du mich von einer Telefonzelle oder einem Karten-Handy aus an und gibst mir den Namen der

Bank und die Zugangsdaten des Kontos durch. Dann werden wir nie wieder von einander hören,<<
erklärte er.

>>Noch was. Ich warne dich, wenn du glaubst uns hinter gehen zu können und versuchst uns um unsere Kohle zu bringen, wirst du neben deiner Mutter beerdigt. Ist das klar und deutlich?<<
Drohte er unverhohlen.

>>Bin ich blöde? Ich werde mich doch nicht mit euch anlegen! Hier, ich habe ein Bild von ihr mitgebracht. Wir wohnen zusammen in Gehrden, zwanzig Minuten....<<

>>Ich weiß wo Gehrden liegt.<<
unterbrach Ben, starrte auf das Bild und blies die Atemluft mit einem leicht pfeifenden Geräusch wieder aus. Er musste sich einen Kommentar beim Anblick des Fotos verkneifen.

>>Und die Straße?<<

>>Eine alte Villa in der Großen Bergstraße. Ist nicht zu verfehlen.<<

>>Ok, dass dürfte bis auf einen kleinen Vorschuss alles sein, meine Beste.<<

>>Jetzt brauche ich einen Schnaps, einen großen,<<
stammelte Carolin.

>>Würdest du mir einen doppelten holen, ich werde dir aus dem Auto Geld holen.<<

Ben holte ihr von der Getränkeausgabe einen doppelten Burbon und für sich einen Magenbitter den er gleich im stehen trank.

Carolin ging zum Auto und holte aus ihrer Handtasche einen Umschlag mit fünftausend Euro in kleinen Scheinen.

Ben saß bereits wieder auf seinem Platz. Zwischenzeitlich hatte sich der Waterloo Biergarten mit Leuten gefüllt. Ein Blick auf die Uhr verriet Ben, dass es schon15:00 Uhr war.

Carolin kehrte zum Tisch zurück nahm das Glas an die Lippen und stürzte den Dring in einem Zug hinunter. Dann legte sie den Umschlag mit den Worten auf den Tisch:

>>Ich habe doch gewusst, dass ich mich auf dich verlassen kann. Ich dachte mir, dass ihr ein bisschen Kohle gebrauchen könnt.<<

Ben nahm den Umschlag und lugte unauffällig hinein. Beim Anblick des Geldes lachte er herzhaft auf.

>>Was ist, ihr könnt doch sicher das Geld gebrauchen?<<

>>Ach weißt du meine Schöne, solche Summen verdienen unsere Ladies in schlechten Zeiten in einer Woche. Aber trotzdem danke! Kannst die paar Kröten ja von unserem Anteil abziehen,<<

bemerkte er zynisch.

Die beiden wechselten beim Verlassen des Biergartens noch einige Worte. Sie stieg in ihren SL und Ben ging zum Taxistand der nur fünf Minuten entfernt lag.

# 6

Der Mercedes SL bog durch das schmiedeeiserne Tor der alten Villa und hielt vor dem Hauptportal, das durch eine ausladende Treppe zu erreichen war.

Carolin war innerlich völlig aufgewühlt. Schließlich hatte sie gerade den Mord an ihrer Mutter in Auftrag gegeben. Die Sonne stand schon tief, ihre Strahlen wärmten aber noch kräftig. Vor dem Portal der Villa befand sich ein mit Kies gepflasterter Platz in dessen Mitte ein alter Brunnen mit wunderschön gemeißelten Putten stand. Die Blumen, die rings um den Platz gepflanzt waren, leuchteten trotz der langsam einsetzenden Dämmerung in wunderschön abgestimmten Farben. Wie erst musste es bei strahlendem Sonnenschein aussehen? Vor fast jedem Fenster war ebenfalls eine Blumenpracht, die der Palette eines Malers glich. Hans–Georg hatte ganze Arbeit geleistet.

Vor der Treppe kam der Wagen zum Stehen. Carolin stieß beim Aussteigen heftig mit ihrem Kopf gegen den Dachholm.

>>Aua!<<

Schrie sie auf.

Tanja, kam die Treppe hinab und Carolin entgegen.

>>Guten Tag Carolin. Ist es schlimm? Das müssen sie kühlen, sonst gibt es eine dicke Beule.<<

>>Guten Tag Tanja. Danke der Nachfrage. Es geht schon. Ich bin heute ein bisschen schusselig.<<

Tanja war gut aufgelegt. Angesichts der Tatsache, dass sie besonders unter den Launen von Monika litt, war ihre Ausgeglichenheit bewundernswert.

Tanja mach dies, Tanja mach jenes, Tanja dies ist falsch, Tanja jenes ist falsch!

Die Nörgelei war nicht zum Aushalten. Nur Tanja ertrug dass alles mit Gelassenheit. Entweder war es Selbstschutz, dass sie sich nicht mehr über die Gemeinheiten von Monika ärgerte oder sie hatte sich bereits damit abgefunden als Prellbock für Monikas Launen herzuhalten und war schon abgestumpft.

>>Ist meine Mutter zu Hause?<<
Fragte Carolin beim betreten der Villa.

>>Ja sie ist oben und hat schon nach ihnen gefragt. Ich soll ihnen ausrichten, dass sie beabsichtigt, für einige Tage zu einem Bekannten zu fahren.<<

>>Prima, dann habe ich meine Ruhe. Zu einem Bekannten. Welchen ihrer sogenannten Bekannten meint sie? Ist es immer noch der alte Lover oder hat sie schon wieder einen Neuen?<<

>>Aber Carolin!<<
Antwortete Tanja verlegen.

>>Was bist du so schockiert? Es stimmt doch, die wechselt doch die Liebhaber wie andere ihre Handtücher.<<

>>Carolin hat die Sache mit ihrem Paul wohl noch immer nicht verziehen,<<
dachte Tanja und sagte:

>>Soll ich ihnen ein Bad herrichten?<<

>>Nein, danke. Ich will erst mit meiner Mutter sprechen.<<

>>Ihre Mutter will nur nach Hannover, zu Herrn Dr. Kluge. Sie wissen schon, den Rechtsanwalt, oder Notar? Was auch immer,<<

rief Tanja noch hinter ihr her.

Carolin ging durch die Halle, die Treppe hinauf und in den ersten Stock.

Die Eingangshalle der Villa hat die Ausmaße einer kleinen Kapelle. Ein riesiger Kronleuchter mit unzähligen Glühlampen hängt in der Mitte der Halle. Wie eine bestellte Inszenierung trafen gerade die letzten Sonnenstrahlen der untergehenden Sonne auf das Kristall des Lüsters. Er strahlt in all seinen Facetten wie eine Diamantenmiene. Bodenvasen mit zauberhaften Lilien, die ihre Blütentrichter wie Trompeten einer Kapelle zur Decke strecken und fünf Vitrinen in denen wertvolle, afrikanische Skulpturen stehen, geben der Eingangshalle eine einmalige Atmosphäre. Die zahllosen echten Teppiche, strahlen die dazugehörige Wärme aus.

Das Sahnehäubchen dieses Arrangements sind allerdings die Originalgemälde von Pablo Picasso. Sie sind allein für sich genommen schon ein Vermögen wert.

Monika von Oppermann liebte Picasso, sie war regelrecht vernarrt in seine Werke. Carolin hingegen, liebte am meisten das Bildnis von Jaime Sabartes, einem Freund von Picasso. Das Bild stammte aus dem Jahre 1901. Carolin dachte jedes Mal, wenn sie die Eingangshalle betrat, darüber nach, was die Gemälde wohl in einer Versteigerung einbringen würden.

Gerade wollte sie ihr Zimmer betreten, da hörte sie auch schon Monika heraneilen.

>>Ah, meine Liebe! Wo warst du? Ich habe im ganzen Haus nach dir suchen lassen. Ich wollte Morgen für ein paar Tage zu Holger, du weißt schon, Dr. Holger Klug dem gutaussehenden Notar,<<
überfiel sie Carolin.

>>Ich weiß, ich weiß! Hat Tanja bereits ausgerichtet,<< erwiderte sie mit gespielter Langeweile.

>>Wo warst du meine Kleine? Wie heißt er? Sag schon, kenne ich ihn? Wie siehst du überhaupt aus? Hattest du keine Zeit mehr dich umzuziehen bevor seine Frau nach Hause kommt?<<
Neckte sie.

>>Das würde ich dir gerade auf die Nase binden.<<

Monika liebte diese kleinen Boshaftigkeiten. Sie wusste genau, dass Carolin noch immer ihrem Paul nachtrauerte. Bei jeder Gelegenheit musste sie den Finger in die Wunde legen. Carolin hasste sie dafür jedes Mal ein bisschen mehr.

>>Oh, entschuldige vielmals. Ich wusste ja nicht, dass Gnädigste mit dem falschen Bein aufgestanden ist.<<

Monika drehte sich eingeschnappt um und machte gerade Anstalten zu gehen, als Carolin noch kurz fragte:

>>Wie lange wirst du bleiben?<<

>>Nur ein paar Tage. Aber das interessiert dich doch nicht wirklich!?<<

Carolin betrat ihr Zimmer, verschloss die Tür, legte ihre Schlüssel aufs Bett und streifte ihre Laufschuhe ab. Dann ging sie ins Bad.

Marmorfliesen, hochwertige Armaturen und die vielen Spiegel im Raum strahlten Prunk und Luxus aus. Sie öffnete die Mischbatterie, nahm die Badelotion von Coco Chanel und gab einen kleinen Strahl ins Badewasser. Die Lotion war ein letztes Geschenk von Paul kurz vor seiner Abreise.

Als sie so auf dem Badewannenrand saß und mit der Hand durch das schäumende Wasser fuhr, kamen ihr wieder Erinnerungen an Paul. Die Erinnerungen an die vielen schönen Stunden und der Duft der aus dem Badewasser empor stieg ließ eine wohlige Wärme in ihr aufsteigen. Sie seufzte leise auf und in ihren Lenden strömte ein immer stärkeres Verlangen nach Nähe. Sie verließ das Bad, ging in ihr Zimmer und schlüpfte aus ihrem Sportdress. Mit einem Schwung warf sie ihr Sachen aufs Bett. Dann streifte sie noch ihren Sport BH ab und ging wieder ins Bad um das Wasser ab zu stellen. Als sie nur mit einem knappen Slip bekleidet in einen der Spiegel blickte, drehte sie sich hin und her, betrachtete ihren Körper und dachte bei sich:

>>Wer ist hier eigentlich schöner, die alte Monika mit ihren fünfzig Jahren, oder ich!? Was hat Paul nur an ihr gefunden.<<

Carolin liebte ihren Körper und es freute sie immer wieder aufs Neue, wenn sie einen Raum betrat und sie die Begierde in den Blicken der Männer las.

Trotzdem, sie musste sich eingestehen, dass Monika zwar schon über Fünfzig ist, sie aber für ihr Alter phantastisch aussieht. Sie ist eine durchaus verführerische Frau. Ihr Bankkonto tat bei den Kerlen dann sein übriges.

Sie streifte ihren knappen Slip aus, warf ihn elegant zu Boden um dann in ihr Schaumbad zu steigen. Mit dem Rücken zum Spiegel sah sie über ihre Schulter und strich sich sanft über ihren wohlgeformten Po. Sie drehte sich wieder und nahm ihre Brüste in beide Hände. Als sie sich so eine Weile betrachtete, kamen ihr erneut Erinnerungen an Paul. Seit sie mit Paul zusammen war, hatte sie keinen Mann mehr gespürt. Der Gedanke an ihn, lies wieder in ihr diese gewisse Wärme aufkommen. Sie schloss ihre Augen, vertiefte ihre Erinnerungen an Paul und ihre rechte Hand fuhr langsam aber bestimmt in ihren Schoss. Ein süßer Schauer durchfuhr sie. Sie stieg in das wohlriechen Badewasser und berührte sich immer und immer wieder. Sie streichelte ihren ganzen Körper, fuhr erneut mit ihrer Hand zwischen die gespreizten Beine. Ihre Bewegungen wurden heftiger und das Badewasser begann sich im Rhythmus ihrer Lust zu wogen. Sie liebkoste mit einer Hand ihre straffen Brüste und spielte mit der anderen weiter mit kreisender Bewegung zwischen ihren Beinen. Ihre Lust steigerte sich ins Unermessliche. Ein Rausch durchfuhr ihren Körper.

# 7

Der Griff der Eingangstür, von der bereits die Farbe abblätterte, bewegte sich mit einem knirschenden Geräusch ähnlich wie das Knirschen beim Gehen auf verharschtem Schnee. Ben schob mit der linken Hand das Türblatt zur Seite und trat ins dunkle Treppenhaus. Er suchte den Lichtschalter vergebens und hätte sich beinahe einen Stromschlag eingefangen.

>>Scheiße!<<

Fluchte er.

>>Wenn ich den Arsch erwische, der hier die Schalter abmontiert, den bringe ich um.<<

Ben hatte sich im Dunkeln bis in den ersten Stock vorgekämpft und stand vor der Eingangstür. Er hämmerte an die Tür.

>>He, Kevin du Sack! Bist du zu Hause? Mach mal auf, es gibt kein Licht!<<

Lärm drang dumpf durch die Wohnungstür. Auch Ben hatte den Krach schon auf der Straße vernommen, hatte ihn aber dem Jugendzentrum zugeordnet.

In der Wohnung rührte sich nichts. Auch auf das nochmalige an die Tür hämmern, kam keine Reaktion. Ben wuselte suchend in seiner Tasche nach dem Schlüssel und schloss auf. Als er die Wohnung betreten wollte knackte es ekelhaft unter seinem Schuh.

>>Scheiße, jetzt haben wir schon die Kakerlaken im Treppenhaus.<<

Er knallte die Tür zu und ging in Richtung Wohnzimmer als im Kevin entgegen kam.

>>Was machst du den für einen Lärm? Kannst du die Tür nicht wie ein normaler Mensch zu machen? Erzähl, wie war's mit der Kleinen?<<

>>Ich geb dir gleich Krach! Mach lieber die Musik leise oder willst du, dass die Bullen bei uns klingeln?<<

Sagte Ben wütend.

>>Der Deal mit der Kleinen ist perfekt!<<

>>Heißt das, die kleine Lady hat unsere Bedingungen akzeptiert?<<

Fragte Kevin nach.

>>Na klar, du Pappnase! Hast du etwa gedacht, ich lass mich von so einer stinkreichen Tusse über den Tisch ziehen?<<

>>Erzähl schon Ben, hast du einen Plan wie wir die Sache anstellen wollen?<<

>>Gib mir erst mal eine Kippe und ein Bier!<<

Ben ließ sich in den schmuddeligen Sessel fallen, zündete sich seine Gauloise an und öffnete mit den Zähnen die Flasche Harry. Er setzte sie sich an den Hals und goss den Inhalt mit einem Satz in sich hinein.

>>Aah, dass tat gut!<<

Sagte er und wischte sich mit dem Handrücken über den Mund.

>>Also, zunächst sollten wir sie beobachten.<<

>>Warum sollen wir die Lady beobachten? Macht es Sinn unser Opfer auszuspähen?<<

>>Natürlich, wie sollen wir sonst genau planen, wie wir vorgehen. Benutz doch bloß einmal deine Birne. Du machst mich noch mal krank.

Also, nochmal. Wir sollten sie beobachten. Du weißt schon, was sie so täglich macht, was für Eigenarten sie hat, welche Freunde sie besucht und so weiter. Wenn wir genau wissen was sie so treibt, können wir besser planen, wie wir sie beseitigen. Ich werde morgen als erstes nach Gehrden fahren und mit der Beobachtung anfangen,<<
erläutert Ben.

>>Noch was, wir brauchen noch ein paar Sachen. Einen Fotoapparat, ein Fernglas und jede Menge Bier. Du kannst das Zeug morgen früh besorgen. Ok?<<

>>Ist klar Ben, ich mache mal wieder den Laufburschen.<<

>>Ja, so ist das. Manche sind eben zu nichts anderem zu gebrauchen,<<
grinste sich Ben eins ins Fäustchen.

>>Hier, nimm die dreihundert Euro, die müssten reichen. Ist vom Vorschuss der Kleinen damit wir unsere Kosten für die Vorbereitung decken können. Ab sofort sollten wir keine krummen Dinger mehr drehen. Wir dürfen nicht auffallen. Das gilt für unser ganzes Umfeld. Wir müssen uns auf die eine Sache konzentrieren, dann kann nichts schiefgehen und in ein paar Monaten haben wir ausgesorgt. Also, keine Extratouren, sonst ist die ganze Sache gefährdet und du

lernst mich von meiner besten Seite kennen. Ist das klar und deutlich genug?<<

Fragte Ben mit herrischem Ton.

>>Welchen Wagen willst morgen nehmen?<<

>>Am besten den Bulli mit dem unsere Ladys früher an der B 3 gestanden haben, der fällt am wenigsten auf.<<

>>Was, die alte Schleuder! Lass und lieber bei VW, am Lindener Hafen, einen neuen abgreifen. Schließlich können wir uns ein bisschen Luxus mal gönnen. Ich habe da schon schöne Teile stehen sehen, mit Standheizung und anderem Schnick Schnack.<<

>>Du bist und bleibst ein Idiot. Du hast mich wohl nicht richtig verstanden,<<

sagte Ben und scheuerte Kevin eine schallende Ohrfeige.

Kevin hielt sich die rechte Seite und wollte gerade zurückschlagen als Ben ihn eindringlich vor den Folgen warnte.

>>Wenn du gleich in den Knast wandern willst, kannst du gerne morgen in Gehrden die reiche Dame in einem geklauten Bulli auskundschaften,<<

sagte Ben.

Er klopfte sich mit der flachen Hand vor die Stirn und fragte als er sich wieder in den Sessel fallen ließ:

>>Hast du eigentlich einen Bruder?<<

>>Wieso?<<

>>Na einer allein kann nicht so blöde sein! Und jetzt ist Schluss mit Lustig, reiß dich am Riemen. Und wenn du Dampf ablassen musst, geh rüber zu einer unserer Ladies,

dann kommst du vielleicht auf andere Gedanken.<<

Der alte Bulli bog mit röhrendem Motor in die Große Bergstraße ein. Es war schon 10:00 Uhr. Kevin war natürlich bei einer der Ladies hängen geblieben und hatte verschlafen. So hatte Ben auf einem Wege nach Gehrden, schon sehr früh den Umweg zum Media Markt auf der Hildesheimer Straße gefahren, um die Utensilien für die Observierung zu besorgen. Die Sonnenstrahlen lugten durch die Häuser. Es versprach ein schöner Tag zu werden. Aus dem Radio ertönte Route 66 von den Rolling Stones. Ben schlug im Rhythmus auf das Lenkrad und mühte sich vergebens beim Mitgrölen die Töne zu halten.

Er hörte gerne Radio 21. In seiner frühen Jugend hatte er immer davon geträumt einmal als Bandleader auf der Bühne zu stehen und ordentlich in die Seiten zu greifen. Es hatte sich nicht ergeben.

Der Zigarettenstummel in seinem Mundwinkel bewegte sich mit der Musik im Takt. Vor dem schmiedeeisernen Tor trat er in die Bremse und stellte den Motor ab.

>>Das muss die Villa sein,<<
dachte Ben.

Das Tor war verschlossen. Ben hatte einen idealen Blick auf die etwa 30 m entfernte Eingangsfront der Villa. Er nahm das Fernglas aus dem Handschuhfach und lichtete

Stück für Stück die Vorderfront mit seinen Augen ab. In einem Fenster im Erdgeschoss waren Personen zu erkennen.

>>Muss wohl die Küche sein, um diese Zeit schlafen die Damen doch sicher noch,<<
dachte er.

Ben krabbelte in den Rückraum um seine Beobachtungen in einer etwas bequemeren Position fortzuführen. Aus der Seiten scheibe hatte er eine gute Sicht auf die Villa. Er griff in den Kühlschrank, nahm ein Sixpack, brach eine Dose Harry raus und riss sie mit einem Zisch auf. In einem Zug goss er den Inhalt in sich hinein.

>>Ahhh, das tut gut!<<
Japste er.

Er zerquetschte die Dose und warf sie in den Innenraum, wo sich bereits eine Menge alter Dosen, Pizzapappen und anderer Unrat türmten. Der Bulli hätte mal eine Generalreinigung vertragen. Es grenzte an ein Wunder, dass sich nicht schon das Ungeziefer eingenistet hatte.

Ben richtete erneut sein Fernglas auf die Villa. Es war etwa eine Stunde vergangen. Im ersten Stock liefen auch Personen. In einem Fenster erblickte er Carolin nur mit einem Slip bekleidet.

>>Was für ein geiles Weib,<<
dachte Ben laut.

Es setzte immer mehr Leben in Haus ein. Die Tür öffnete sich und ein Mann mit Cordhose, kariertem Hemd und grüner Schürze, trat vor die Tür.

>>Es musste Hans–Georg der Gärtner sein. So hatte Carolin ihn beschrieben,<<
dachte Ben.

Der Gärtner ging die Treppe hinunter und geradewegs Richtung Eisentor. Ben ließ sich tief in den Sitz rutschen damit er nicht entdeckt werden konnte. Hans - Georg nahm die Hannoversche Allgemeine und die Neue Presse aus dem Briefkasten und trat den Rückweg an.

Gerade als Ben Fotos vom Gärtner schießen wollte, kam ein weißer Lieferwagen mit der Firmenaufschrift „Brötchen Express" die Straße herunter. Er hielt vor dem Eingangstor und ein fast zwei Meter großer, spindeldürrer Typ mit Schirmmütze und weißem Kittel stieg aus. Er öffnete die Seitentür und holte einen Korb mit Brötchen und zwei Flaschen Milch heraus.

>>Hallo, Hans–Georg die Brötchen,<<
rief er laut hinter dem Gärtner her.

>>Kannst du für Luisa die Milch und die Brötchen mitnehmen?<<

Hans-Georg kam zurück und beide sprachen noch eine Weile miteinander bis dann jeder seines Weges ging.

Ben schoss schnell noch einige Fotos von den Beiden und notierte die Uhrzeit.

Das spindeldürre Männchen stieg in den „Brötchen Express", der wenig später hinter der Straßenecke verschwand. Hans-Georg schloss hinter sich die Tür der Villa. Es war wieder mucksmäuschen still. Nur Radio 21 verkündete die neusten Nachrichten des Tages.

Ben verbrachte so den ganzen Tag, machte Notizen, hier und da einige Fotos von Monika von Oppermann, Carolin mit zwei Dobermännern und einer fetten Frau, die er nicht genau einordnen konnte.

Es war fasst schon dunkel als Ben in den Canarisweg einbog. Er ging voll in die Bremse. Mit quietschenden Reifen kam der Bulli zum stehen. Bierdosen und Pizzapappen flogen gegen die Vordersitze. Er stieg aus, knallte die Tür und betrat die Absteige.

Noch immer brannte kein Licht im Treppenhaus. Ben vermied bewusst, einen Lichtschalter zu suchen, tastete sich in den ersten Stock und öffnete die Tür.

>>Na Ben, wie lief es?<<

Fragte Kevin, der den Wagen gehört hatte und ihm schon im Treppenhaus entgegen kam.

>>Nichts besonderes, ich bin nur hundemüde und will mich ein bisschen aufs Ohr hauen.<<

>>Erzähl schon.<<

Drängelte Kevin und ließ nicht locker bis Ben schließlich berichtete.

>>Die von Oppermanns wissen offensichtlich nicht, was sie den lieben langen Tag vor Langeweile machen sollen.

Unsere Kleine ging fast den ganzen Tag mit zwei riesigen Kötern – ich glaube es sind Dobermänner – spazieren, fuhr in Richtung Stadt und kam nach etwa drei Stunden zurück. Ihre Mutter verließ den ganzen Tag nicht das Haus. Sie ist im Übrigen eine ganz heiße Nummer! Ihr

Schlafzimmer liegt im ersten Stock links. Nach dem Aufstehen hat sie erst einmal splitterfasernackt vor dem Fenster Gymnastik betrieben. Ich kann dir sagen, die biegt und streckt sich, da wird einem schwindelig vor Augen. Die ist gelenkig wie eine Zwanzigjährige. Mit dem Fernglas kannst du dir so den Tag angenehm gestalten. Sie fühlt sich völlig unbeobachtet. Die Lady hat solche Dinger und so einen knackigen Arsch.<<

Er bekam sich bei der Schilderung nicht mehr ein und verbog sich, um Kevin die Formen von Monika demonstrieren.

>>Ich kann dir sagen, dass erfreut jedes Männerauge. Eigentlich schade, so eine Lady in Jenseits zu befördern. Eins ist jetzt schon klar, in der Villa können wir die Sache nicht durchziehen.

Da sind die beiden Hunde. Die Köter sind nicht von schlechten Eltern, die würden uns in Stücke reißen sobald wir das Grundstück betreten. Außerdem gibt es im Haus noch eine Köchin, eine Haushälterin, einen Gärtner und einen Fahrer. Also in der Villa läuft das nicht befürchte ich.<<

>>So viel Personal für die zwei Tussen!<<
Staunte Kevin.

Ben beendete seinen Bericht, ging ins Nebenzimmer, verschloss die Jalousien und legte sich schlafen.

An den folgenden Tagen wurde die Villa wie geplant von den beiden beobachtet. Um keinen Verdacht zu wecken, wechselten sie sich nicht nur ab sondern wechselten auch hier und da mal den Stellplatz und das Fahrzeug. Es wurden Fotos aller Bewohner geschossen, Notizen über die Gewohnheiten gemacht, die genauen Uhrzeiten festgehalten und schließlich registriert, wer außer den Bewohnern in der Villa noch ein und aus ging.

Ben und Kevin hatten einschlägige Erfahrungen durch das Ausspähen einiger Banken gesammelt und ihr eigenes System entwickelt.

Eigenartig war, dass während der gesamten Zeit der Beobachtung nicht ein einziger Gast die Villa betrat. Die einzige Abwechslung im Tagesablauf war die Reinigungsfirma, die am Donnerstag auflief, um das Schwimmbad im Keller zu reinigen.

Freitags gegen Zwölf Uhr kam noch der Lieferwagen des Gartencenter „Grüner Daumen" und täglich der „Brötchen Express".

Die Reinigungsfirma kam jedes Mal mit drei Mann hoch. Sie schleppten jede Menge Gerätschaften aus dem Transporter ins Schwimmbad, das im Keller lag und fischten den Schmutz der letzten Woche aus dem Wasser. Für Außenstehende musste diese Maßnahme völlig überzogen wirken, zumal das Schwimmbad in der Regel nur ein bis zweimal pro Woche von den beiden Damen des Hauses genutzt wurde. Das Personal durfte offensichtlich den Wellnessbereich nicht nutzen.

Nicht einmal zehn Minuten nachdem die Service-Leute der Reinigungsfirma mit ihren Schrubbern, Netzen, Eimern und Hochdruckgeräten das Haus verlassen hatten und davon fuhren, tauchte Monika von Oppermann in einem knappen Bikini auf. Über dem Arm ein Handtusch und in der Hand die Zeitungen. Offensichtlich führte sie ihr Weg direkt ins Schwimmbad, das man leider nicht sehr gut von der Straße aus einsehen konnte. Ben und Kevin hätten auch hier, gerne den Spanner gespielt.

Die Haushälterin folgte ihr mit einem Tablett, auf dem ein Dring und etwas Gebäck auszumachen waren.

Die Notizen der Beobachtungstage glichen Woche für Woche.

*Dienstag:* *7:00 Uhr Personal in der Küche. 7:30 Uhr Zeitungsjunge, 7:45 Uhr der Gärtner holt die Zeitung und trifft auf Fahrer vom Brötchenexpress. 8:00 Uhr Im ersten Stock tauch Monika zur Gymnastik auf (geil)........*

*Mittwoch:* *7:00 Uhr Personal in der Küche. 7:30 Uhr Zeitungsjunge, 7:45 Uhr der Gärtner holt die Zeitung. 8:00 Uhr Fahrer vom Brötchenexpress stellt zwei Flaschen Milch durch das Eisentor, keine Brötchen. 8:30 Uhr Haushälterin holt die Milch. Im ersten Stock erscheint Monika nackt am Fenster. 10:00 Uhr der Supermarkt aus dem Ort liefert Ware an........*

Auch an den anderen Tagen gab es nichts Außergewöhnliches nur, dass Ben und Kevin die allmorgendliche Gymnastik sehr genossen.

Im Canarisweg herrschte einige Unruhe. Ben und Kevin waren einigermaßen ratlos.

>>Wie wollen wir einen vernünftigen Plan machen, wenn der Tagesablauf der beiden Ladies schlicht und ergreifend stink langweilig ist. So kann doch kein normaler Mensch leben. Bei so viel Kohle würde ich ständig um den Planeten jetten,<<
kratzte sich Kevin am Kopf.

>>Das ist doch alles Scheiße! Wir sollten die Sache abblasen.<<

>>Langsam Kevin. Vielleicht haben wir nur eine beschissene Zeit erwischt. Ich kann mir offen gestanden nicht vorstellen, dass unser Gymnastik–Ass nur auf ihrer Bude rum hängt, sich pflegt und ihren Body stählt. Wie du schon sagst, mit der vielen Kohle auf dem Konto und den vielen Kerlen wie Carolin meint, muss da mehr laufen als wir bisher erfahren konnten. Ich schlage vor..........<<

Als Ben seinen Satz noch nicht ganz beendet hatte, klingelte das Telefon. Ben griff in seine Tasche und nahm das Gespräch an. Ein kurzes knacken in der Leitung und das Gespräch war tot.

>>Seltsam! Es war wer in der Leitung und hat gleich wieder aufgelegt.<<

>>Ruf doch zurück.<<

>>Leider ist die Nummer unterdrückt. Da stimmt was nicht,<<
sagte Ben mit Schulterzucken.

>>Also,<<

fuhr Ben fort.

>>Ich schlage vor, dass wir uns unter irgend einem Vorwand Zutritt zur Villa verschaffen sollten.<<

>>Ich könnte ja als Monteur der Telefongesellschaft die Telefone überwachen.<<
schlug Kevin vor.

>>Quatsch, weißt du vielleicht welchen Telefonanbieter die haben? Nein, nein, wir müssen die Hunde außer Gefecht setzen und das Auto der Lady präparieren. Wobei – das ist auch Scheiße – wir wollen ja nicht auch noch den Fahrer töten.<<
Kevin unterbrach Bens Redefluss.

>>Vielleicht könnten wir die Typen der Reinigungsfirma abpassen. Du weißt schon, die die das Schwimmbad reinigen. Dann übernehmen wir deren Job und wir sind im Haus.<<

>>Hut ab Kevin! Zum ersten Mal hast du eine richtig gute Idee. Das meine ich ehrlich!<<
Sagte Ben.

Kevin strahlte wie ein kleiner Junge über alle Backen, als Ben ihn für seinen Vorschlag lobte.

>>Und wenn wir im Haus sind, was dann ?<<
Fragte Ben nach.

Er wollte gerade ansetzen als erneut das Handy klingelte.

>>Ja, wer ist dran?<<

>>Hier ist Carolin. Ich musste eben auflegen, weil eine Horde Betrunkener hier rumrandalierte.<<

>>Es ist Carolin.<<

sagte Ben zu Kevin und hielt dabei das Mikro seines Handys zu.

>>Was willst du? Hatte ich nicht gesagt, wir dürfen in der nächsten Zeit keinen Kontakt aufnehmen!? Ich hoffe du rufst von einer Telefonzelle an,<<
sprach Ben aufgeregt ins Handy.

>>Ja, ja! Keine Aufregung! Ich bin in einer Telefonzelle,<< erwiderte sie.

>>Du musst morgen unbedingt in mein Büro kommen. Ich werde dich als einen Termin Jörg Hansen eintragen lassen. Die Tarnung ist perfekt, ich betreibe nämlich eine Jobvermittlung.<<

>>Das halte ich nicht für besonders klug. Aber du könntest recht haben. Ist vielleicht besser als die Telefoniererei,<<
stimmte Ben zu.

>>Wo finde ich dich und wann?<<

>>Kennst du die „Calenberger Esplanade"? Die liegt in der Nähe des Krankenhauses „Friederikenstift". Ich habe dort die Agentur "Fair Jobben" in der ersten Etage Haus Nr. 3. Bring einige Unterlagen mit damit meine Sekretärin nicht stutzig wird. Sie ist ein helles Köpfchen.<<

>>Und wann?<<

>>Ach ja, am günstigsten ist es um 11:00 Uhr.<<


Carolin nahm ihr Handy und rief Jasmin Lichtenstein – ihre Sekretärin – an.

>>Hallo Jasmin, Carolin hier. Haben wir morgen um 11:00 Uhr noch einen Termin frei?<<
Fragte sie scheinheilig und kannte die Antwort bereits.
>>Moment bitte. Ja, das passt! Wen soll ich eintragen?<<
>>Einen Jörg Hansen. Mal sehen, was wir für ihn tun können.<<
>>Wo sind sie denn gerade Carolin? Ihre Mutter schneite hier vorhin rein und wollte mit ihnen zu Mittag essen. Ich konnte ihr nichts sagen, im Kalender steht nichts. Kommen sie noch mal ins Büro?<<
Sie beendete mit dieser Frage ihren Redeschwall.
>>Ja, gegen Fünf. Und im Übrigen bin ich für meine Mutter nur in Notfällen zu sprechen.<<

Ben räusperte sich noch einmal, strich seine Haare glatt und betrat die Agentur „Fair Jobben".
>>Guten Tag!<<
>>Was kann ich für sie tun?<<
fragte eine Brünette in einem dieser klassischen Kostüme, wie sie üblicherweise im Bankenbereich getragen werden.
>>Mein Name ist Jörg Hansen, ich habe einen Termin bei....?<<
>>Frau von Oppermann!?<<
Ergänzte sie.
>>Bitte nehmen sie noch einem Moment Platz. Ich melde sie an,<<
sagte sie mit einer zeigenden Handbewegung auf die schräg vor ihrem Schreibtisch stehende Sitzecke.

Ben nahm Platz legte seine Mappe ab und nahm sich eine der Zeitschriften. Er blätterte interessiert in der „Living at Home" eine Zeitschrift für Freunde der geschmackvollen Einrichtungen.

Die Tür öffnete sich und Carolin trat heraus.

>>Guten Tag, sie müssen Herr Hansen sein? Schön, dass sie es einrichten konnten. Bitte treten Sie ein.<< wies sie in Richtung ihrer Bürotür hinter der beide verschwanden.

>>Mein lieber Scholli, ist das deine Arbeitskluft?<< staunte Ben.

Carolin war ebenfalls in ein Kostüm gehüllt wie ihre Sekretärin. Nur, dass dieses prall über ihrem Körper saß und aus strahlender, mintfarbender Seide hergestellt war.

>>Lass uns beim Thema bleiben und las diese Anmache,<< reagierte sie souverän in der Gewissheit auf eigenem Terrain zu sein.

>>Also ich dachte erstens, dass mein Büro für weitere Treffen am unauffälligsten ist. Zweitens habe ich für euch eine Mitteilung die euch nützen könnte.<<

>>Und das wäre?<<

>>Monika will ab Freitag für einige Tage zu ihrem neuen Lover. Er ist Rechtsanwalt und Notar in Hannover. Sein Name ist Dr. Holger Klug und hat seine Kanzlei in der Hindenburg Straße 70, im Zooviertel. Seine Wohnung liegt direkt über der Kanzlei im ersten Stock. Monika wird mit

dem Wagen und ohne Fahrer unterwegs sein. Vielleicht wäre das eine Gelegenheit!?<<

Ben und Carolin machten noch ein bisschen Smalltalk bevor er sich wieder aufmachte. Die Tür öffnete sich.

>>Herzlichen Dank Frau von Oppermann. Ich werde mich umgehend melden,<<
verabschiedete er sich.

>>Auf Wiedersehen und noch einen schönen Tag.<<
verabschiedete sich Ben auch von der höflichen Brünetten, verließ die Agentur und stand schließlich im Innenhof der Passage.

>>Langsam fange ich an unsere Carolin zu mögen, sie denkt mit, ein kluges Mädchen,<<
dachte er laut.


Das Restaurant „Spargo" direkt um die Ecke sah gut aus und die Speisekarte versprach eindeutig besseres als in den Dönerbuden am Mühlenberg. Ben entschied sich hier eine Kleinigkeit zu essen und hatte auch einen mächtigen Brand, den es zu löschen galt. Im Übrigen fühlte er sich mittlerweile schon fast zu den besseren Kreisen zugehörig. Zumindest war er sich sicher, dass sein Auftritt eben recht gut rüber kam.

Er zischte das erste Bier weg und ließ sich sein Essen und weitere Biere schmecken, bevor die Bedienung bei „3811" ein Taxi für ihn rief.

Zu Hause im Canarisweg.

>>Also die Kleine meinte, dass ihre Mutter ab Freitag bei ihrem neuen Lover einige Tage verbringt. Sie wird ihren Wagen nehmen – einen großen Audi – und lässt den Fahrer zu Hause,<<

erklärte Ben seinem Kumpel.

>>Kevin, du warst doch mal Schrauber bei VW und verstehst was von Autos. Ich schlage vor, du fährst mit dem Bulli am Freitag früh in die Hindenburg Straße und wartest, bis das Superweib vor Haus Nr. 70 auftaucht. Dann machst du dir ein Bild über die Umgebung und die Möglichkeiten wie wir dort am unauffälligsten den Audi präparieren können. Dann kommst du zurück und wir besorgen alles nötige,<<

schlug Ben vor.

Gegen Abend, wenn die Lady mit ihrem Lover in der Kiste liegt, kannst du an ihrem Wagen rummachen. Ist das Ok?

>>Gute Idee, hätte von mir sein können,<<
tönte Kevin rum.

>>Also, wir sollten die Zeit nutzen, und die Villa in Gehrden weiter beobachten. Da muss es noch mehr geben als diesen langweiligen Ablauf tagein tagaus. Ich fahre hin und nehme den Caddy.<<

>>Bleib sauber Ben! Denk dran, dass wir heute Abend unsere Pokerrunde in der „Libelle" haben.<<

Kevin schreckte auf, es war noch dunkel. Sirenen heulten in unmittelbarer Nähe. Das Blinken von Blaulichtern ließ die Straße abwechselnd hell und dunkel erscheinen. Jetzt wurde auch Ben munter und ging ans Fenster im ersten Stock, spreizte mit den Fingern die Jalousien auseinander. Die Uhr zeigte 4:30 Uhr an. Er vermied die Aufmerksamkeit zu erwecken und lies das Licht aus.

>>Kevin, was ist da los.<<

>>Keine Ahnung rief er aus dem Nachbarzimmer.<<

>>Lass bloß das Licht aus!<<

Rief er.

>>Ich bin ja nicht blöd!<<

>>Na ja, da kann man auch anderer Meinung sein,<<
dachte Ben.

Ins gegenüberliegende Haus liefen Sanitäter mit einer Trage und hinter ihnen einige uniformierte Polizeibeamte. Zwischenzeitlich war Kevin im Zimmer von Ben.

>>Da hat wohl einer den Löffel abgegeben.<<
bemerkt Ben.

>>Na und, das ist doch lange kein Grund, ehrbare Bürger wie uns, aus dem Schlaf zu holen,<<
grinste Kevin.

>>Ich schlage vor, du Dumpfbacke gehst runter und beschwerst dich höflich bei den Bullen.<<
meinte Ben.

>>Wenn wir schon wach sind, kann ich auch einen Kaffee aufsetzen. Willst du auch Einen?<<

>>Na klar! Die Frage ist doch, warum du ihn noch nicht fertig hast. Beweg gefälligst deinen Hintern in die Küche du

Loser.<<

Gegen 4:45 Uhr trugen die Jungs von der Ambulanz eine alte Frau aus dem Haus, luden sie in den Krankenwagen und brausten mit Sirenengeheul aus dem Canarisweg. Wenig später fuhren auch die zwei Fahrzeuge der Polizei in Richtung Bornumer Straße.

Die Jungs schlürften ihren frisch aufgebrühten Kaffee und steckten sich genüsslich eine Gauloise ins Gesicht. Es war Freitag früh, der 16. Mai 2002.

Am 17. Mai war im Lokalteil der Neuen Presse zu lesen, dass eine etwa siebzig Jahre alte Frau in ihrer Wohnung in einem Wohnhaus im Canarisweg, überfallen und niedergeschlagen wurde. Sie erlag noch in der Nacht ihren schweren Verletzungen. Dringend tatverdächtig sei ihr neunzehnjähriger Enkel, der sich seit der Nacht auf der Flucht befindet. Die Polizei Hannover sucht dringend eventuelle Augenzeugen.

>>Das ist ja irre, ich glaube, den habe ich die letzten Tage hier rumlungern sehen. Jedenfalls hing hier ein Jüngelchen ab, das ich hier noch nicht gesehen habe,<<
meinte Kevin.

>>Ich könnte aber schwören, dass ich den schon einmal wo anders gesehen habe. Eventuell im Steintorviertel,<<
ergänzte er.

Nur wenige Tage später wurde der Enkel der alten Dame auf der Goethestraße verhaftet. Er leistete keinen

Widerstand und gestand die Tat noch am gleichen Tag. Er hatte seine Großmutter für sage und schreibe 82,00 Euro erschlagen.

>>So Kevin, du machst dich jetzt besser auf die Socken, sonst verpasst du noch die Lady in der Hindenburg Straße. Denk dran, dass du den Caddy nimmst! Wenn du genügend Erkenntnisse hast, kommst du wieder zurück,<< erinnerte ihn Ben.

>>In der Dunkelheit kannst du später den Wagen präparieren, ich fahre dann mit dir noch mal rüber.<<

Kevin nahm die Schlüssel vom Caddy und verdrückte sich mit einem lauten:

>>Bey!<<

Es war für Mitte Mai seltsam schwül. Die aufgehende Sonne lugte durch die Häuser und blendete Kevin stark. Der Caddy verließ den Canarisweg, bog in die Bornumer Straße und düste in Richtung Deister Platz. An den Ampeln war schon ein reges Treiben. Leicht gekleidete Menschen durchstreiften die Straßen auf dem Weg zur Arbeit. Alle erweckten den Eindruck, dass sie den letzten Arbeitstag der Woche so schnell wie möglich hinter sich bringen wollen.

Der Wagen bog in die Hindenburg Straße ein und hielt etwa 50 m vor Haus Nr. 70. Er stellte den Motor ab und genehmigte sich ein Bier aus dem mitgebrachten Sixpack. Die Schwüle hatte das Pils schon merklich aufgewärmt.

>>Vielleicht hätte ich besser den Bulli nehmen sollen,

dann wäre mein Bier schön gekühlt aus dem Kühlschrank.<<
Es störte Kevin aber nicht weiter und er schüttete sich den
Inhalt in einem Guss in den Hals. Mit dem Handrücken
wischte er sich den Schaum von den Lippen.

Wenn Ben ihn jetzt sehen könnte, würde er Kevin
einen anständigen Einlauf verpassen.

Die Hindenburg Straße ist eine der besten Adressen
Hannovers. Hier reiht sich eine große Jugendstilvilla an die
andere. Nirgends in Hannover findet man
Rechtsanwaltskanzleien und Steuerbüros auf so engem
Raum. Wer hier Eigentum hat, gehörte schon zu den oberen
Zehntausend der Landeshauptstadt. Die Vorgärten der
Häuser, die nur wenige Meter von der Eilenriede entfernt
liegen, sind sehr gepflegt. Es war deutlich, dass sich hier
Profis um die Grünanlagen kümmerten. Der laue Wind wehte
über den Gehweg. Die Straße war irgendwie steril wie eine
Filmkulisse und dennoch hat sie etwas Lebendiges. Sie war
einfach schön. Die Nähe zum Stadtwald Eilenriede gab dem
gesamten Viertel zusätzlich noch eine hohe Lebensqualität.

Nicht einmal eine halbe Stunde hatte Kevin gewartet,
als sich ein schwarzer Audi mit getönten Scheiben dem Haus
Nummer 70 näherte. Kevin nahm das Fernglas um besser die
Einzelheiten zu erspähen. Eine gutaussehende Blondine stieg
aus, schlug die Tür zu und öffnete den Kofferraum um eine
Reisetasche zu entnehmen. Es war Monika von Oppermann.

Sie betätigte am Eingangstor die Klingel und
kurzdrauf ging der Summer. Auf der Treppe, die von zwei

Löwen eingerahmt war, stand ein gepflegter, hochgewachsener Typ. Es musste Dr. Holger Klug sein.

In den zahlreichen Terrakotta-Töpfen, waren schöne, knallrote und blaue Blumen, die mit ihrem saftigen Grün die schneeweiße Villa schmückten. An den Säulen des Eingangstores prangten die üblichen Notar Schilder mit dem Niedersachsen Wappen.

Dr. Klug nahm Monika die Reisetasche ab, lies sie zu Boden fallen und küsste sie leidenschaftlich. Sie erwiderte ebenso leidenschaftlich seine Küsse. Dann verschwanden sie im Haus.

>>Ich liebe dich!<<
Hauchte er ihr ins Ohr.

>>Schön das du da bist. Die gute Pamela wird uns bis Montag nicht mehr stören, ich habe ihr freigegeben.<<
Monika umarmte ihn. Sie küsste ihn erneut heftig, fasste ihm zwischen die Beine und flüsterte:

>>Ich hab dich so vermisst!<<

>>Ihn oder mich?<<
Lachte er.

Er knöpfte langsam ihre Jacke auf. Die Jacke stand offen, was er sah war wundervoll. Langsam schob er die Jacke über ihre Schulter und ihre Brüste traten hervor. Sie trug keinen BH, so wie er es liebte. Sie wusste wie sie Holger zu nehmen hatte.

Seine Küsse erreichten ihre Brüste, deren Warzen sich steif aufrichteten. Voller Erregung, nahm sie seine Hand und führte sie unter ihren Rock. Sie atmete schwer und genoss sichtlich seine Berührungen. Als sie vor ihm auf die Knie sank, strömte der Geruch ihres Parfums in seine Nase. Sie knöpfte seine Hose auf, liebkoste sein bereits angeschwollenes, bestes Stück mit ihren Lippen. Er warf voller Erregung seinen Kopf in den Nacken, strich mit beiden Händen über ihr blondes Haar und unterstützte ihre Bewegungen.

>>Lass uns nach oben gehen bevor ich explodiere,<< stammelte er schweratmend.

Es war bereits dunkel, als der Caddy mit Ben am Steuer und Kevin auf dem Beifahrersitz in die Hindenburg Straße einbog und an der Ecke, etwa Zweihundert Meter von Nummer 70 entfernt hielt. Nur Fünf, wunderschön geschmiedete Laternen beleuchteten mit schwachem Licht die Straße. Kevin stieg aus, unter seinem Arm klemmte eine kleine Tasche mit Werkzeug. Am Gürtel hatte er seinen Latherman befestigt.

Ben beobachtete aus dem Wagen die Straße. Am Audi angekommen schaute Kevin sich noch einmal nach allen Seiten um. Ben blinkte einmal kurz mit dem Scheinwerfer auf. Alles in Ordnung.

Im Haus Nummer 70 brannte nur im ersten Stock Licht. Über der Eingangstür beleuchtete eine kleine Laterne die Treppe und tauchte die Beifahrerseite des Audi in mattes Licht. Das war gut, Kevin konnte sich so den Einsatz einer Taschenlampe sparen. Er tauchte ab und machte sich an der linken, vorderen Radaufhängung zu schaffen. Damit später keiner feststellen konnte, dass sich jemand am Audi zu schaffen gemacht hatte, entfernte er einen Splint so vorsichtig, dass kein Schmutz und keine Schmiere verwischt wurden. Dann machte er sich an den Radmuttern des linken Rades. Er löste mit der gleichen Sorgfalt wie zuvor, zwei Radmuttern und verschwand schnell, aber unauffällig zum Caddy.

Ben startete. Sie fuhren zügig aus der Hindenburg Straße. Erst dann schaltete Ben die Scheinwerfer ein.

# 8

Es war Montagmorgen, es dämmerte. Monika begann zu zwinkern, rieb sich mit den Handrücken den Schlaf aus den Augen und drehte sich zur Seite. Holger lag auf dem Bauch, mit seinem Gesicht von ihr abgewandt. Er begann sich zu räkeln und ertastete mit seiner Hand Monikas Rücken und liebkoste schließlich ihren Po.

>>Hallo Schatz, wie hast du geschlafen?<<
Säuselte sie ihm ins Ohr.

>>Phantastisch! Ich habe geträumt, dass ich von einer begehrenswerten Frau verführt worden bin,<<
lächelte er sie an.

>>Du bist ja unersättlich. Nach diesem Wochenende brauche ich erst einmal viel Ruhe und Pflege,<<
hauchte Holger noch schlaftrunken und ein wenig verschmitzt zu Monika hinüber.

Sie saß jetzt neben ihm im Bett. Gegen das Licht des Fensters konnte er die Silhouette ihres Körpers vernehmen. Er liebte ihre Proportionen besonders ihre wohlgeformten Brüste.

>>Du tust mir so gut! Ich bin sehr glücklich mit dir. Aber ausruhen kannst du dich im Alter,<<
sagte sie und rollte sich auf ihn.

>>Lass uns noch ein wenig schmusen, mein Lieber,<<
küsste ihn und biss in sein Ohrläppchen.

>>Du raubst mir die letzte Kraft.<<

lachte er und verwöhnte mit seiner Zunge erneut ihre nackten Brüste.

Monika rieb sich an ihm, bis auch er seine Kraft wieder fand.

Sie nahm sein gutes Stück in die Hand und führte es in ihren feuchten Schoß. Beide stöhnten fast gleichzeitig auf. Er streichelte ihre Lenden, ihren Po und liebkoste weiter ihre üppige Oberweite. Monika begann sich schweratmend auf ihm zu bewegen.

Sie liebten sich, bis die ersten Sonnenstrahlen auf ihre verschwitzten Körper fielen. Völlig erschöpft ließen sie schließlich voneinander.

Wenig später standen sie gemeinsam unter der Dusche. Dann machten sie sich fertig für den Tag. Holger bereitete bereits das Frühstück vor als Monika sich noch schminkte. Eigentlich hatte sie es gar nicht nötig, das Natürliche stand ihr gut.

Wie zwei verliebte Teenager saßen sie am Frühstückstisch.

>>Mmm, der Kaffee tut gut. Kannst du mir auch bitte noch einen Schluck Orangensaft geben,<<
bat Monika.

>>Wie sieht dein Tag heute aus?<<

>>Ach, nichts besonderes. Ich habe einen Termin bei der Bank, dann muss ich ein Testament beglaubigen und den Kauf eines Hauses hier um die Ecke am Schiffgraben, notariell abwickeln.<<

>>Wir könnten uns ja zum Abendessen im „Clichy"
treffen.<<

schlug Monika vor.

>>Super Idee, da war ich lange nicht mehr.<<

Als Holger das Haus verließ, drehte er am Eingangstor
noch einmal um und ging zurück.

>>Sei so lieb und sage Pamela, dass sie meinen blauen
Anzug und die Hemden zur Reinigung bringen möchte. Sie
kommt gegen 11:00 Uhr, <<

er gab ihr nochmals einen Kuss und ging zum Wagen.

Als Pamela das Haus betrat, stand Monika nur im
Morgenmantel in der Küchentür und löffelte einen Joghurt.

>>Guten Morgen Frau von Oppermann,<<

sagte Pamela und drückte sich mit der Einkaufstasche an
Monika vorbei in die Küche.

>>Guten Morgen Pam,<<

erwiderte sie und ging in Richtung Badezimmer.

>>Ich soll ihnen von Dr. Kluge ausrichten, dass sie bitte
seinen Anzug, den dunkelblauen und die Hemden in die
Reinigung bringen sollen.<<

rief sie im Flur.

Gegen 12:00 Uhr machte sich Monika auf den Weg, sie
winkte Pamela noch freundlich zu und stieg in ihren Audi.

Monika und Pamela kannten sich zwar noch nicht
lange, sie verstanden sich aber vom ersten Tage an super. Es
lag sicher daran, dass sich Pamela die üblichen Marotten von
Monika nicht gefallen ließ und hier und da gegen hielt. Mit

dieser Art war Monika bisher nicht konfrontiert worden. Insgeheim schien ihr dieses zu gefallen.

Der Audi verließ die Hindenburg Straße und bog um den Block. Monika hatte das Gefühl ein Geräusch zu hören, beachtete es aber nicht weiter und stellte das Radio an. Es erklang „Averlon" von „Roxy Musik", ein Lieblingslied von ihr. Sie sang vergnügt mit und dachte noch an das erfüllte Wochenende zurück.

Monika nahm die B65. Wie immer gab sie kräftig Gas, sie liebte die Geschwindigkeit. Der Tachometer zeigte 130 kmh, 70 kmh waren hier erlaubt.

Monika hatte bereits ein stattliches Bündel an Knöllchen und Punkten in Flensburg gesammelt. Dass sie noch ihren Führerschein hatte, war reiner Zufall und der Tatsache geschuldet, dass sie meist mit Erich unterwegs war.

Kurz hinter Everloh gab es plötzlich einen peitschenden Knall. Der Wagen brach nach links aus. Es ging alles ganz schnell. Der Audi prallte seitlich gegen einen Baum, schleuderte erneut auf die Fahrbahn, überschlug sich mehrfach und blieb schließlich auf dem Dach liegen. Es war totenstill, die Räder rollten noch um die Achsen. Die Ruhe wurde nur durch das krächzen aus dem Radio gestört. Monikas Körper lag leblos im Wagen, ihr Gesicht war gegen das Dach gepresst. Sie blutete stark aus Nase und Mund, am Hinterkopf klaffte eine große Wunde.

Mehrere Fahrzeuge fuhren langsam vorbei und entfernten sich schließlich zügig vom Unfallort. Erst das vierte Fahrzeug hielt und der Fahrer lief mit seinem Handy am Ohr zum verunglückten Audi. Nach nicht einmal zehn Minuten erschien ein Notarztwagen und kurz drauf zwei Fahrzeuge der Polizei Gehrden. Umgehend begannen die Beamten, den Unfallort weiträumig abzusperren. Die erst zeitversetz alarmierte Feuerwehr, konnte mit der Bergung des Unfallopfers beginnen. Die Verunglückte musste schließlich mit Hilfe von Trennschneidern und Zangen aus dem Fahrzeug befreit werden.

Es klingelte am Eisentor der Villa in der Großen Berg Straße.

>>Ja, bitte?<<

Sprach eine Stimme.

>>Hauptkommissarin Decker und Kommissar Gündel vom Landeskriminalamt Niedersachsen,<<

erwiderte Freia Decker.

>>Wir möchten Frau Carolin von Oppermann sprechen.<<

Der Summer ging, das Tor öffnete sich und die beiden Beamten betraten das Grundstück. An der Tür wartete bereits Tanja und nahm sie in Empfang.

>>Bitte nehmen sie noch einen Moment in der Halle Platz, ich werde sie, Frau von Oppermann melden.<<

Sie verschwandt und kurze Zeit später kam Carolin die Treppe vom ersten Stock hinunter. Sie begrüßte die Beiden und bat sie in den Salon.

>>Sie sind von der Polizei?<<

Tat sie erstaunt.

>>Was ist passiert, was kann ich für sie tun?<<

>>Wir müssen ihnen eine traurige Mitteilung machen. ihre Mutter ist heute Mittag auf dem B65 verunglückt. Sie ist ins Krankenhaus in Gehrden eingeliefert worden und liegt noch im Koma.<<

>>Um Gottes Willen, wie ist das passiert,<<
heuchelte sie beiden Beamten vor und verdrückte sich eine gespielte Träne.

>>Unsere Haushälterin sagte mir, sie sind vom Landeskriminalamt!? Sind sie auch bei schweren Unfällen zuständig?<<

>>Ja, so ist es. Jedenfalls, wenn wir von Fremdverschulden ausgehen. Ich bin die leitende Beamtin. Wir ermitteln, da wir nach ersten Erkenntnissen von einem Anschlag auf das Leben ihrer Mutter ausgehen müssen.<<
erläuterte die Hauptkommissarin.

>>Fühlen sie sich in der Lage uns einige Fragen zu beantworten?<<

>>Ja natürlich,<<
sagte Carolin völlig gefasst.

>>Können sie uns sagen, wo ihre Mutter vor dem Anschlag gewesen ist?<<

>>Soweit ich weiß, war sie bei Dr. Kluge, einem Notar aus Hannover. Näheres könnte ihnen da aber unsere Haushälterin sagen.<<

Das Handy von Hauptkommissarin Decker klingelte. Am anderen Ende der Leitung war das Büro vom LKA in Hannover.

>>Hallo Freia! Wir haben gerade die Mitteilung aus Gerden erhalten, dass das Unfallopfer von der B65 kaum Überlebenschancen hat. Weiter habe ich veranlasst, dass das Fahrzeug - oder was davon übrig ist – zur KTU geschafft wird,<<

erklärte die Beamtin am anderen Ende.

>>Danke für die Info. Sei noch so nett und berufe für morgen früh um 8:00 Uhr ein Meeting ein. Ich möchte bis dahin das Ergebnis der KTU auf meinem Tisch haben. Die Jungs sollen notfalls eine Nachtschicht einlegen,<<

beendete Freia Decker das Gespräch.

Sie wandte sich wieder Carolin und ihrem Kollegen Felix Gündel zu.

>>Es wäre nett, wenn wir mit ihrem Personal noch sprechen könnten.<<

>>Ja, selbstverständlich. Haben sie gesagt, ein Anschlag wurde auf meine Mutter verübt? Kein Unfall? Aber warum? Wer tut sowas?<<

Fragte Carolin sichtlich irritiert.

>>Genau das ist die endscheidende Frage.<<

Die beiden Beamten befragten noch die anwesenden Hausangestellten und verließen Gehrden in Richtung Hannover.


8:00 Uhr im Landeskriminalamt. Freia Decker erläuterte Ihrem Team den Stand der Ermittlungen.

>>Wir gehen jetzt von einem Mordanschlag aus. Die KTU hat eindeutig festgestellt, dass das Fahrzeug durch einen

gezielten Schuss in den linken Vorderreifen von der Fahrbahn abgekommen ist. Der Schuss muss aus etwa 50 m Entfernung aus einem Jagdgewehr abgefeuert worden sein. Beamte sind bereits seit Sonnenaufgang am Tatort, um im Umkreis alle Spuren zu sichern.<<

Die Hauptkommissarin veranlasste alle weiteren Schritte, und eilte mit ihrem Kollegen Felix Gundel zu Pressekonferenz, die von der Staatsanwaltschaft einberufen wurde.

Zeitgleich zu den Ereignissen im Landeskriminalamt holte Ben am Kiosk die HAZ und die NP. Tanja, die Haushälterin holte die Zeitung aus dem Briefkasten. Carolin saß bereits bei Frühstück und ließ sich die Zeitung geben.

>>*Frau Monika von Oppermann auf der B65 verunglückt!*<<

Prangt die dicke Überschrift auf Seite eins des Regionsteils.

>>*Die Erbin des Multimillionärs Simon von Oppermann, verlor gestern aus noch ungeklärter Ursache die Gewalt über ihr Fahrzeug und verunglückte schwer. Die Polizei ermittelt wegen des Verdachts auf Fremdverschulden.*<<

Carolin trank ihren Kaffee aus und spielte die geschockte Stieftochter. Sie eilte hastig auf ihr Zimmer. Als sie die Tür hinter sich schloss, ließ sie sich auf ihr Bett fallen und schrie ihre Freude in die Kissen. Dann sprang sie auf und ballte eine Siegerfaust wie ein Tennisspieler nach einem

Matchgewinn. Sie schaute in den Spiegel und dachte laut:

>>Das war es dann wohl liebe Monika. Bald werde ich auf dich anstoßen und deine Kohle genießen. Nie wieder wirst du mir das Leben schwer machen. Das ist der schönste Tag in meinem Leben!<<
Triumphierte sie und griff zum Telefon um im Krankenhaus in Gehrden anzurufen.

>>Guten Tag, mein Name ist Carolin von Oppermann. Ich bin die Tochter von Frau Monika von Oppermann und möchte gerne den verantwortlichen Arzt sprechen.<<

>>Moment bitte, ich verbinde sie mit Professor Gerg,<< sagte die freundliche Stimme am anderen Ende der Leitung. Kurze Zeit später:

>>Professor Anton Gerg am Apparat. Guten Tag Frau von Oppermann. Zur Zeit können wir sagen, dass Ihre Mutter mit viel Glück überleben wird. Sie liegt zwar noch im Koma, aber wir haben sie soweit stabilisiert, dass wir Hoffnung haben können. In ein paar Tagen werden wir klüger sein,<< beruhigte sie Professor Gerg.

>>Das ist ja phantastisch,<< musste sich Carolin mühsam abringen.

>>Wann wird sie wieder die Alte sein und wann kann ich sie besuchen.<<

>>Im Moment nicht. Zum jetzigen Zeitpunkt können wir nicht sagen wann sie besucht werden kann. Es tut mir leid, ich würde ihnen lieber bessere Nachrichten mitteilen!<< sagte Professor Gerg mit ehrlicher Betroffenheit.
Carolin bedankte sich und legte auf.

>>...haben sie stabilisiert.....können Hoffnung haben.....<<
wiederholte sie die Worte.

>>So ein Arsch! Bis auf ihren Dr. Kluge wären alle froh,
wenn sie ins Gras beißen würde,<<
sagte sie sich laut und wütend.

>>Verdammt noch mal, warum hat dieses blöde Weib
immer so viel Glück!<<
Fluchte sie weiter mit Tränen der Wut in den Augen. Sie
legte sich aufs Bett und fing an bitterlich zu weinen.

>>Was soll ich nur tun? Ob ich Ben anrufen soll. Die
denken doch, dass Monika im Sterben liegt. Nein, es war
ausdrücklich verabredet, dass wir keinen Kontakt
aufnehmen. Und überhaupt, ich muss mich jetzt
zurückhalten, damit bei den Untersuchungen kein Verdacht
in meine Richtung aufkommt. Spätestens in ein paar Tagen
erfahren die Jungs so oder so wie es um Monika steht.<<

Im Canarisweg war die Stimmung super. Ben und
Kevin waren mit ihren nächtlichen Aktivitäten sichtlich
zufrieden und genehmigten sich zur Feier des Tages zum
zweiten Frühstück ein kühles Bier.

>>Prost Kevin, hast gute Arbeit geleistet!<<
Prostete Ben seinem Kumpel zu.

>>Mach doch mal das Radio an. Vielleicht bringen die
schon Einzelheiten die noch nicht in der Zeitung sind.<<
ergänzt Ben.

Kevin suchte hecktisch NDR 2 um die stündlichen
Nachrichten noch rechtzeitig zu hören.

*>>NDR 2 die Nachrichten:*

*In einer Pressekonferenz haben heute die Staatsanwaltschaft Hannover und das Landeskriminalamt Niedersachsen mitgeteilt, dass die Ursache des Unfalls auf der B65 durch Fremdeinwirkung zu Stande kam. Einzelheiten können aus ermittlungstaktischen Gründen nicht mitgeteilt werden. Frau von Oppermann hat gute Chancen zu überleben.<<*

Sagte ein Sprecher.

Ben und Kevin guckten sich fragend an.
>>Scheiße!<<
Fluchte Ben.
>>Dann haben die Bullen festgestellt, dass einer am Wagen rumgemacht hat.<<
>>Ich habe alles genau so gemacht wie wir abgesprochen haben. Das kann doch nicht sein!<<
>>Schon gut, es macht dir doch gar keiner einen Vorwurf. Wir müssen jetzt gut nachdenken. Hauptsache, die Alte geht über die Wupper. Eine Verbindung zu uns gibt es nicht wenn unsere Schöne dichthält.<<
    In den folgenden Wochen ermittelte das Team von Hauptkommissarin Freia Decker in alle erdenklichen Richtungen.

    Zunächst verdächtigten sie Monikas Freund Dr. Kluge da dieser, passionierter Jäger ist und einige Jagdgewehre im Besitz hat. Die Ballistischen Untersuchungen entkräfteten diesen Verdacht, ebenso sein Alibi. Zur Tatzeit befand er sich im Gespräch mit einem Bankenvorstand.

Auch die Möglichkeit im Umfeld der Villa den Täter zu finden, mussten sie verwerfen.

Carolin und die Jungs erfuhren durch die Ermittlungen, dass auf den Audi von Monika geschossen wurde. Hierfür hatten weder Carolin noch die Jungs eine Erklärung.

Die Ermittlungen des Landeskriminalamtes waren bisher in Leere gelaufen.

# 9

Der Krankentransport von der Johanniter Unfallhilfe bog in die Große Bergstraße und fuhr durch das schmiedeeiserne Tor. Das Fahrzeug kam vor der Treppe der Jugendstilvilla in Gerden zum stehen. Tanja, Hans–Georg, Luisa und Erich standen schon auf der Eingangstreppe und warteten als Empfangskomitee auf Monika von Oppermann. Ein Pfleger öffnete die Wagentür und half ihr in den bereitstehenden Rollstuhl. Ein zweiter trat heran und beide trugen sie das Gefährt samt Monika von Oppermann die Treppe hinauf.

>>Herzlich Willkommen zu Hause,<<
begrüßten die vier ihre Chefin.

Monika wirkte auch nach vielen Wochen noch immer sehr geschwächt. Dennoch hatte sie ihren alten Zynismus nicht verloren.

>>Wo ist Carolin?<<
Fragte Monika bevor sie die Willkommensgrüße erwiderte.

>>Will sie ihre kranke Mutter nicht willkommen heißen?<<

In diesem Moment stand Carolin auch schon mit Nero und Cäsar, den beiden Dobermännern in der Tür. Die Hunde zerrten kräftig an der Leine.

>>Wie geht es dir?<<
Fragte sie mit gespielter Anteilnahme.

>>Danke der Nachfrage. Unkraut vergeht eben nicht. Mein

Schutzengel will, dass ich euch noch lange, lange erhalten Bleibe,<<
meinte Monika mit dem leicht verhöhnenden Ton, den man von ihr gewohnt war.

Monika wurde auf ihr Zimmer gebracht wo sie sich, nachdem sie noch kurz mit Holger telefonierte, für den Rest des Tages zum Ausruhen legte. Die Strapazen der Verletzungen und der Reha – Maßnahmen waren ihr noch stark anzumerken.

Zur gleichen Zeit im Canarisweg diskutierten Ben und Kevin zum Xten Mal über Carolin und den Mordplan an ihrer Mutter.

>>In der Zeitung steht, dass Monika von Oppermann heute aus der Reha entlassen wird. Kannst du dich noch daran erinnern, dass sie fasst wöchentlich ihren Körper in einem Fitnesszentrum gestählt hat. Von den morgendlichen Gymnastikübungen am Fenster, will ich gar nicht reden.<<
sagte Ben.

>>Ich erinnere mich nur zu gut an ihre geilen Verrenkungen,<<
kommentiert Kevin.

>>Ich könnte mir vorstellen, die Oppermann im Fitnesscenter platt zu machen.<<

>>Das könnte ich mir auch und zwar gepflegt auf der Matte oder auf der Massagebank.<<

Lass doch mal die dreckigen Bemerkungen. Ich meine es ernst!<<

>>Wie soll das funktionieren?<<

>>Früher habe ich oft in der Mucki–Bude am Raschplatz ausgeholfen. Und ich habe einige Preise in Body Building Wettbewerben gewonnen.<<

>>Du, dass ich nicht lache. Was waren das den für Hungerhaken, die gegen dich angetreten sind.<<

>>Nein, ehrlich. Das war in meiner Jugend. Mit den Voraussetzungen müsste ich doch einen Aushilfsjob im Center bekommen!? Oder?<<

>>Und dann? Wir wissen doch gar nicht wo sie trainiert und ob überhaupt,<<

gab Kevin zu bedenken.

>>Schon klar, ich werde in den nächsten Tagen klären, ob sie schon wieder soweit hergestellt ist, dass sie regelmäßig im Center trainiert. Vielleicht können wir dort, dass Fehlgeschlagene nachzuholen. So wie ich sie einschätze, braucht sie das Training wie andere Essen und Trinken.<<

>>Oder wie Sex,<<

grinste Kevin dreckig.

>>Du willst sie also tatsächlich im Fitnesscentrum erledigen? Da laufen doch jede Menge Leute rum.<<

>>Wie das gehen könnte, weiß ich auch noch nicht genau. Wenn klar ist ob und wo sie trainiert, werde ich mich dort um den Aushilfsjob bemühen und dann sehen wir weiter.<<


Es waren jetzt schon drei Monate seit dem Anschlag ins Land gegangen. Der Herbst kündigte sich schon mit einigen bunten Blättern in der Natur an. Die Temperaturen waren für  Anfang Oktober aber noch sehr mild.

Monika von Oppermann ging es, wie man so schön sagt, den Umständen entsprechend gut. Sie sah schon wieder phantastisch aus. Ihre leicht verruchte Aura hatte durch die Ereignisse nicht gelitten. Nur, ihr rechtes Bein machte ihr noch etwas zu schaffen. Ohne Stock konnte sie noch nicht sehr lange Wege gehen. Eine lange Wunde am Hinterkopf war bereits durch ihre nachgewachsene Haarpracht verdeckt und störte nur noch ein wenig beim Kämmen. Ansonsten  war sie wieder vollkommen hergestellt und strahlte vor Lebenslust. Professor Anton Gerg nannte sie in der Klinik oft eine „Kämpfernatur". Er hatte offenbar recht mit seiner Einschätzung.

Für den Audi, für den jede Hilfe zu spät kam, wurde vor ein paar Tagen ein nagelneuer BMW geliefert. Der Audi fand nach der zwischenzeitlichen Überführung in die KTU, seine letzte Ruhestätte auf dem Schrottplatz.

Im neuen Gefährt war alles eingebaut, was das Herz begehrt. Minibar, TV Gerät, Telefon und was es sonst noch so an Annehmlichkeiten in einer Limousine geben kann. Erich hatte sich schnell an den neuen Wagen gewöhnt und war schlichtweg begeistert. Monika spendierte ihm noch ein paar neue Uniformen passend zum schwarzen Metalliclack. Er wienerte jede freie Minute den BMW innen und außen.

Er war stolz auf das neue Fahrzeug. Tanja hörte ihn mal sagen:

>>Glück im Unglück. Der alte Audi war zwar ganz nett, aber der neue Wagen ist ein Kracher, ein wahres Schmuckstück. Geschmack hat sie, das muss man ihr lassen.<<

Monika trug nur eine Freizeithose und eine leichte Bluse die ihre prallen Formen gut in Szene setzte. Die Temperaturen waren noch immer recht mild für die Jahreszeit. Der goldene Oktober macht seinem Namen in diesem Jahr alle Ehre.

Sie stieg in den BMW und Erich schloss die Tür. Er nahm ihre Sporttasche, legte sie in den Kofferraum und ging um den Wagen. Er fragte Monika bevor er den BMW startete:

>>Wohin soll es genau gehen Frau von Oppermann?<<

Erich weigerte sich beharrlich das schon vor Jahren angebotene Du von Monika zu erwidern.

>>Zum neuen Fitnesscentrum in Barsinghausen. Professor Gerg hat es mir empfohlen. Die sollen super Physiotherapeuten haben, die optimal auf meine alten Verletzungen eingehen sollen. Und übrigens, sei nicht immer so verdammt förmlich. Wir waren doch schon beim Du.<<

>>Ich danke ihnen sehr Frau von Oppermann. Ich nehme es zur Kenntnis, möchte jedoch keinen Gebrauch von ihrem Angebot machen. Das wäre nicht angemessen.<<

Erich war schon sein ganzes Leben lang als Fahrer tätig. Schon sein Vater hatte einen sehr bekannten Industriellen gefahren. Immer wieder hatte er Erich eingetrichtert, dass Diskretion und Zurückhaltung das A und O in diesem Job sind.

In der Egestorfer Straße befindet sich seit einen halben Jahr das neue Fitnesscentrum „Body World", ein für die Region beeindruckendes Center. Das Angebot reicht hier von Aerobic bis Body Building aber auch eine große medizinische Abteilung ist hier im Angebot.

Da sich die Preise hier im gehobenen Segment bewegen, war es nicht verwunderlich, dass sich hier mehrheitlich nur gut betuchtes Publikum tummelte. Die Fitnessbegeisterten, die nicht bereit waren 500,00 € Jahresbeitrag zu zahlen, traf man hier nicht. Sie bevorzugten eher die vielen Center bekannter Ketten, die sich über die gesamte Region verteilten.

Monika war jetzt Mitglied seit ihrer Reha und wollte es heute erstmalig nach dem Anschlag nutzen. Mittlerweile konnte sie auch ohne Stock schon etwas weitere Wege zurück legen. Sie wollte heute zunächst einige Übungen mit einem Physiotherapeuten absolvieren und dann zum Body Lifting Training gehen. Hier hat sie sich mit einige Frauen aus Gehrden, die schon langsam in die Jahre kamen, verabredet. Einige von ihnen hatten bereits versucht, mit Hilfe eines Schönheitschirurgen, die Zeit anzuhalten. Monika musste man neidlos bescheinigen, dass sie als eine der ältesten in der Gruppe, mit Abstand den besten gebauten Body hatte. Für die Tatsache hatte sie keine Hilfe eines Chirurgen in Anspruch genommen. Sie hat stets hart trainiert und ihren Körper gequält. Für Monika war das Älterwerden fast schon eine Katastrophe. Das ihr eines Tages nicht mehr die Welt und vor allem die Männer zu Füßen liegen könnten, trieb Monika förmlich zu diesem Trainingswahn.

Als sie den medizinischen Bereich betrat, wartete schon der Physiotherapeut Thomas Bungert. Ein groß gewachsener Enddreißiger mit einem durchtrainierten Körper und einem dunklen Kurzhaarschnitt. Er entsprach genau Monikas Beutechema.

>>Herzlich willkommen Frau von Oppermann,<< begrüßte er sie freundlich.

>>Wir habe ja mit ihrer Erlaubnis die Unterlagen vom Krankenhaus Gehrden und der Reha Klinik in Bad Kissingen erhalten. Ich habe mir erlaubt daraufhin für sie ein maßgeschneidertes Programm zusammen zu stellen. Ich hoffe, dass ist ihnen recht? In der nächsten Zeit können sie voll über mich verfügen,<< erklärte er gleich seine Planung.

>>Wenn das so ist, da würde mir schon einiges einfallen,<< dachte sie und erwiderte.

>>Das ist ja, wunderbar. Je eher ich wieder in mein richtiges Training einsteigen kann, desto besser.<<

>>Ja, schon recht. Aber sie müssen ein wenig geduldig sein. Ihr Body Lifting können sie in Maßen durchaus machen, aber bitte nicht übertreiben. So, nun lassen sie uns anfangen.<<

Mit diesen Worten begann Thomas Bungert zunächst das ausgearbeitete Übungsprogramm Monika zu erklären bevor sie dann zum praktischen Teil übergingen. Die gute Monika verschwendete keine Zeit und bot Thomas schon nach 10 Minuten das Du an.

Die erste Stunde des Programms war absolviert und Monika ging erwartungsvoll zu ihrem Body Lifting Kurs. Sie betrat den Raum, wo bereits die anderen Frauen trainierten. Als sie Monika erblickten, ließen alle von ihren Geräten ab und kamen auf sie zu.

>>Hallo, Monika! Schön, dass du wieder gesund bist. Schreckliche Geschichte. Du siehst aber blendend aus. Wie geht es ........?<<
schnabbelten alle durcheinander.

>>Ich danke euch, aber lasst es gut sein. Ich lebe noch und bin wieder guter Dinge, dass kann man von meinem Wagen nicht behaupten. Also, lasst uns trainieren, damit wir den Männern mit unseren Bodys die Köpfe verdrehen können,<< sagte sie schmunzelnd.

Alle lachten und machten sich mit Eifer an den Geräten zu schaffen. Nach einer halben Stunde betrat Thomas Bungert den Raum.

>>Monika, ich muss dich bitten, für heute Schluss zu machen. Du mutest dir zu viel zu. Denk daran, du bist dem Sensenmann von der Schippe gesprungen. Also Geduld ist angesagt.<<

Ben und Kevin waren nach wochenlangem Überlegen übereingekommen, dass sie den nächsten Anschlag auf das

Leben von Monika von Oppermann im Fitnesscenter „Body World" durchführen werden.

Um diesen Plan in die Realität umzusetzen, hatte sich Ben als Aushilfstrainer für die Herbstferienzeit im „Body World" beworben. Seine Einschätzung, dass ihm seine Aushilfsjobs in der Mucki Bude am Raschplatz und die Preise als Body Builder helfen könnte, war absolut zutreffend. Ben war in seiner Jugend Body Building Stadtmeister in seiner Gewichtsklasse. Gute Voraussetzungen für einen Aushilfsjob dachten auch die Verantwortlichen im „Body World".

Wenige Tage später erhielt er vom Leiter des Center einen Anruf. Da es noch einige Krankheitsfälle gebe möge er bereits am folgenden Tag seine Arbeit aufnehmen.

Ben arbeitete im Schichtsystem, da das Center von 7:00 Uhr bis 23:00 Uhr geöffnet war. Zufällig hatte Ben an Monikas Trainingstag Dienst im „Body Lifting" Bereich. Er passte eine günstige Zeit ab und präparierte die „Pull Over Maschine" so, dass bei einer Belastung bis zu 20 kg an ihr trainiert werden kann, ohne dass es eine Funktionsstörung oder gar ein Unfall geben kann. Er schätzte Monika nach ihrem Körper so ein, dass sie trotz der alten Verletzungen locker höhere Gewichte auflegen würde. Ihren Body konnte er schließlich tagelang am Fenster begutachten und genießen.

Er hatte genug Kenntnisse um zu wissen, dass sie nach den Verletzungen unbedingt etwas für die Dehnung ihrer Oberkörpermuskulatur tun musste. Prellungen und Blutergüsse bilden sich nur sehr langsam zurück und brauchen besonderes Training. Ben wusste von was er sprach. Schließlich gab es oft genug Auseinandersetzungen, die gleiche Blessuren mit sich brachten. Er war sich sicher, dass sie das Trainingsgerät in ihr Trainingsprogramm einbeziehen würde. Ben hatte den richtigen Riecher. Ihre Personaltrainerin riet ihr genau zu diesem Gerät.

Vor Monika durchliefen einige ihrer Bekannten die Maschine ohne Zwischenfall. Nun war Monika dran und legte 24 kg auf.

>>Stramme Leistung,<<
dachte Ben, der sich hinter einer großen Glasscheibe im angrenzenden Raum befand. Die Personaltrainerin erklärte einigen Frauen ein anderes Gerät. Bens Blick war unauffällig auf Monika gerichtet. Sie zog einige Male den Hebel des Gerätes über den Kopf.

Plötzlich ein Schrei, alles drehte sich blitzschnell in Monikas Richtung. Dann kreischten und schrien alle durcheinander. Als Monika den Hebel zur sechsten Wiederholung über den Kopf zog, flog eine Kette vom Zahnrad und die Gewichte schlugen ihr mit voller Wucht ins Genick. Es krachte fürchterlich. Sie schlug vorn über mit dem Gesicht auf den Boden. Die Trainerin eilte hinüber und begann sofort mit der Erstversorgung von Monika. Monika gab kein Lebenszeichen von sich. Nur ein ganz schwacher Puls und eine flache Atmung waren zu spüren.

Physiotherapeut Thomas Bungert, der die Schreie gehört hatte und gerade zur Tür herein kam, lief eiligst zum Telefon und rief den Notarzt.

>>Sie hat sich das Genick gebrochen,<<
stammelte eine entsetzt.

>>Oh, Gott! Oh, Gott! Sie ist tot.<<

Jammerte eine andere während die Personaltrainerin mit Herzmassage verzweifelt um Monikas Leben kämpfte. Die Frauen standen wie gelähmt, mit entsetzten Gesichtern um den Ort des Geschehens. In diesem Durcheinander verdrückte sich Ben unauffällig in Richtung Cafeteria, zog sich eine Coke, setzte sich und tat so, als würde er schon längere Zeit dort Pause machen.

Wie ein herannahendes Gewitter kam plötzlich Unruhe in den Pausenraum. Die kommenden Gäste berichteten vom schrecklichen geschehen im Body Lifting Bereich.

>>Eine Frau sei tödlich verunglückt und jede Hilfe sei zu spät gekommen.<

Diese Information veranlasste andere Gäste schlagartig die Cafeteria zu verlassen und an den Ort des Unglücks zu eilen, um sich der großen Menge von Gaffern anzuschließen. Die mittlerweile eingetroffenen Sanitäter und ein Notarzt, bemühten sich noch immer um Monika, die offenbar für einen kleinen Augenblick zur Besinnung kam, um dann gleich wieder das Bewusstsein zu verlieren. Sie wurde jetzt mit Hilfe einer Trage zum Ambulanzfahrzeug gebracht. Die Gaffer bildeten eine Gasse für den Abtransport.

Monika, die durch Schienen und Bandagen ruhig gestellt wurde und an einer Infusion hing, gab noch immer kein Lebenszeichen von sich.

Ben wartete währenddessen noch etwa 15 Minuten in der Cafeteria, sprach noch mit einigen Gästen, die sich sicher später daran erinnern würden, dass er schon eine Weile im Pausenraum verbrachte.

Als er sich sicher sein konnte ein gutes Alibi zu haben, ging er zu den Umkleideräumen und bereitete sich auf seinen Dienstschluss vor. Unter der Dusche und beim Verlassen des Gebäudes kontaktierte er so viel wie möglich Gäste und Beschäftigte des Centers.

Mit den Worten:

>>Schreckliche Sache, die da passiert ist!<<

Verabschiedete er sich beim Pförtner

>>Ja , schrecklich!<<

Antwortete dieser.

>>Trotzdem, einen schönen Feierabend. Bis morgen in alter Frische.<<

Als Erich, der auf Monika vor dem Center wartete, vom Unglück hörte, raste er mit einem Affenzahn hinter dem Notarztwagen her. Vom Autotelefon informierte er Carolin die, nachdem sie den Hörer aufgelegte hatte, wieder Hoffnung hegte.

>>Hoffentlich hat es sie nun endgültig erwischt.<<

Scheinheilig spielte Carolin die besorgte Tochter und fuhr ins Gehrdener Krankenhaus, in das Monika erneut eingeliefert wurde. Erich, der sie bereits in der Empfangshalle erwartete, unterrichtete Carolin mit hektischen Worten genauestens über das Geschehen. Im Krankenhaus konnte derzeit keiner Auskunft geben, wie es um Monika stand. Die Ärzte kämpften in der Notaufnahme um das Leben von Monika.

Erich fuhr Carolin nach einer Stunde des Wartens zurück in die Große Bergstraße ohne, dass sie genaue Kenntnisse über den Zustand von Monika hatte.

Die Ärzte kämpften die ganze Nacht um Monikas Leben. Am frühen Morgen fuhren Erich und Carolin erneut ins Gehrdener Krankenhaus, wo sie sich jetzt ausführlich informieren konnten.

Erich wartete mit einigem Abstand in einer Sitzecke als der Neurologe Dr. Heidelbach aus der Intensivstation auf Carolin zukam.

>>Frau Carolin von Oppermann?<<
Rief er beim Näherkommen.

>>Ja, ich bin Carolin, die Tochter,<<
erwiderte sie freundlich mit einer gespielten Miene der Betroffenheit.

>>Es tut mir außerordentlich leid, ich muss ihnen leider mitteilen, dass ihre Mutter zwar nicht mehr in Lebensgefahr schwebt, aber wir haben sie noch in ein künstlichen Koma versetzen müssen. Die nächsten Tage werden wir abwarten müssen und den Zustand beobachten. Es besteht die Gefahr, dass ihre Mutter bleibende Schäden zurückbehalten kann.<<
klärte Dr. Heidelbach sie auf.

>>Die Verletzungen sind durch den heftigen Schlag der Gewichte ausgelöst worden. Schädigungen der Halswirbelsäule und evtl. Schäden des Gehirns können wir

zurzeit nicht vollständig ausschließen. Ihre Chancen stehen aber nicht schlecht, dass die Schäden vollständig reparabel sind. Wie schon gesagt, in den nächsten Tagen sind wir schlauer. Was uns zusätzlich Sorgen bereitet, ist ihre Verfassung. Wir wissen im Moment nicht, wie ihr Körper nach den vielen Verletzungen ihres zurückliegenden Unfalls reagiert.<<

>>Beten wir alle zu Gott, dass alles gut wird,<<
heuchelte Carolin.


Durch die Regionalnachrichten und die Zeitungen erfuhren Ben und Kevin am gleichen Morgen, dass Monika schwerverletzt im Koma liegt.

Ein Untersuchungsbeamter, der den Unfallhergang ermittelte, sprach von einem defekten Trainingsgerät als Ursache des Unfalls. Die Untersuchungen können aus seiner Sicht, nach dem jetzigen Stand, in den nächsten Tagen abgeschlossen werden.

Um jedoch absolute Sicherheit zu haben, dass der Unfall nicht fremdverschuldet wurde, ist das Landeskriminalamt eingeschaltet worden. Der Verdacht, dass der einige Monate zurückliegende Anschlag in Verbindung mit dem neuerlichen Vorkommnissen steht, soll durch die Kommission um Hauptkommissarin Freia Decker untersucht werden.


>>Scheiße, die hat schon wieder überlebt!<<
Fluchte Ben.

>>Die ist mit dem Teufel im Bund, soviel Glück hat doch kein normaler Mensch. Die hat sieben Leben wie eine Katze. Die größte Scheiße ist aber, dass jetzt wieder das LKA im Boot ist. Die wühlen wieder alles hoch. Die Decker ist doch wie ein Terrier. Frag mal die Jungs vom Steintor,<<
ergänzt Ben.

Ben erschien am gleichen Tag, wie es sein Dienstplan vorsah im Center. Er wollte bei den laufenden Ermittlungen keinen Verdacht aufkommen lassen. Erst nach einer knappen Woche kündigte er seinen Job mit der Begründung, er hätte Aussichten jetzt eine feste Stelle zu bekommen. Es war auch nichts Außergewöhnliches, dass Aushilfen nur kurze Zeit blieben. Es gab ohnehin nur einen bestimmten Stamm an Beschäftigten, die im Fitnesscenter fest angestellt waren. In der Regel sind dies die ausgebildeten Trainer, Physiotherapeuten, Sportärzte oder Masseure. Diese wurden entsprechend bezahlt und waren meist als Fulltime–Kräfte tätig. Die Kündigung von Ben fiel folglich nicht auf.

Auch die neuerlichen Ermittlungen verliefen im Sande. Zunächst wurde der alte Fall noch einmal durchleuchtet. Alle verflossenen Liebhaben von Monika wurden vernommen. Die Anzahl von Monikas Ehemaligen war selbst für erfahrene Ermittler wie Freier Decker und Felix Gündel, ungewöhnlich. Es war zum Verzweifeln, die neuerlichen Nachforschungen führten zu nichts.

Eine Verbindung zwischen Trainingsunfall und dem Anschlag vor einigen Monaten konnte nicht hergestellt werden. Auch die Überprüfungen durch das LKA kamen zu dem Ergebnis, dass es sich bei dem neuerlichen Ereignis im Fitnesszentrum um einen Unfall gehandelt hat.

Zusammengefasst war klar, dass es sich beim ersten Vorfall eindeutig um einen Anschlag auf das Leben von Monika von Oppermann gehandelt hat. Es wurde am Audi manipuliert und man hatte auf den Wagen geschossen. Vom Täter fehlte nach wie vor jede Spur.

Die Akte „Monika von Oppermann" wurde auf den großen Stapel der unaufgeklärten Delikte gelegt.

# 10

Den Unfall im Fitnesszentrum überlebte Monika, ohne dass, wie zunächst von den Ärzten befürchtet wurde, gesundheitliche Beeinträchtigungen zurück blieben. Sie erwachte vier Tage nach dem Unfall aus dem Koma. Einige Wochen wurde sie therapiert und konnte schließlich als völlig geheilt entlassen werden. Die Folgen, der neuerlichen Vorkommnisse machten ihr weitaus weniger zu schaffen als die Folgen des Anschlages.

>>Jetzt habe ich aber die Schnauze gestrichen voll!<<
Tobte Ben im Canarisweg.

>>Die ist doch kein Mensch, die ist ein Alien. Die hat nicht nur einen Schutzengel, die hat gleich eine ganze Kompanie davon.<<

>>Wir sollten sie ganz einfach umlegen!<<

>>Vielleicht hast du recht. Ein weiterer Versuch als Unfall getarnt ist ohnehin zu offensichtlich.<<

>>Wenn wir sie umlegen, ist die Frage nur, wann und wo? Wenn das so weiter geht, können wir uns die Millionen abschminken,<<
klagte Kevin.

>>Die Oppermann trifft sich doch oft mit ihrem Notar im „Clichy". Dann knallen wir sie aus einem geklauten Wagen vor der Tür ab,<<
schlug er vor.

>>Das ist wieder typisch Kevin! Auf der Straße herum

ballern. Merkst du noch was? Ein riesen Krach und einen Haufen Augenzeugen. Nein, nein! Die Bullen würden uns zu schnell auf den Fersen sein. Wir hätten keine Chance aus der Stadt heraus zu kommen,<<
hielt Ben dagegen.

Ben und Kevin legten sich noch stundenlang Szenarien zurecht, wie sie Monika beseitigen könnten.

>>Wir vergiften sie. Erinnerst du dich noch an den Brötchenexpress. Der bringt regelmäßig Milch und Brötchen. Wir präparieren die Milch,<<
meinte Kevin.

>>Das ist schlecht, davon trinken doch sicher viele. Was hältst du davon, wenn wir sie in der Nähe der Villa abfangen und sie dann irgendwo in der Umgebung platt machen,<<
schlug Ben vor.

>>Das ist eine super Idee! Lass uns überlegen, wie wir das anstellen.<<

In der Villa in Gehrden zog nach Rückkehr von Monika wieder der Alltag ein. Um Monika zu verwöhnen und sie zu pflegen, hatte sich Holger für einige Zeit als Gast in der Villa einquartiert. Die Beziehung zu Holger hielt nun schon viele Monate. Es schien, als sei es Monika diesmal ernst.

Monika zog sich mit ihrem Liebsten ins Kaminzimmer zurück. Durch die langen Zwangsaufenthalte im Gehrdener Krankenhaus und der Reha, hatten sie sich viel zu erzählen. Auch die fehlende körperliche Nähe hatten beide sehr vermisst.

Etwas unbeholfen liebkoste Holger sie. Er war sich nicht sicher, ob sie nach den schweren Verletzungen schon wieder bereit war.

>>Sei nicht so zimperlich, ich bin nicht aus Zucker,<< hauchte sie ihm ins Ohr.

Nach diesen Worten der Aufforderung wusste Holger, dass sie nicht nur bereit war, sondern sich auch nach seinen Berührungen sehnte. Er küsste sie. Seinen Kuss erwiderte sie bereitwillig. Sie öffnete ihren Mund und spielte mit ihrer Zunge. Dann ließ sie sich zur Seite fallen und vergrub sich in den Kissen des Kaminsofas.

Holger streichelte ihr Gesicht und küsste sie immer und immer wieder. Er war verliebt wie am ersten Tag.

Holger öffnete langsam Knopf für Knopf ihre Bluse bis er ihre wunderschönen, prallen Brüste in voller Größe vor sich sah. Monika trug wie so oft keinen BH. Das machte ihn ungeheuer an. Er streichelte die Spitzen ihrer Brüste und umspielte sie mit seiner Zunge. Von Minute zu Minute wurde Monika erregter. Ihr Schoss war bereits feucht und heiß. Sie öffnete sein Hemd, fuhr über seine behaarte Brust und begann mit ihrem Mund langsam an seinem Körper entlang zu spielen. Mit gekonntem Griff öffnete sie die Gürtelschnalle und seine Hose. Ihr Kopf wanderte weiter bis sie schließlich sein bestes Stück erreichte. Mit ihrer Zunge umspielte sie die Spitze seines bereits steil emporstehenden Schmuckstücks. Er stöhnte laut auf. Seine Geilheit machte sie ungeheuer an. Gierig umklammerte sie mit ihren Lippen sein Teil. Bevor er in ihrem Mund explodieren konnte, ließ sie von ihm ab. Sie streifte sich die restlichen Kleidungsstücke vom Leib. Er ließ sich vom Sofa auf das Fell vor dem Kamin rutschen. Monika setzte sich auf ihn und rieb ihren feuchten Schoss an seinem Teil. Sie hielt es vor Erregung nicht mehr aus und ihre Hand führte sein steifes Glied in ihre heiße Muschel. Nur schwer konnten sie die Geräusche ihrer Lust unterdrücken um nicht die gesamte Villa in Aufruhr zu versetzen. Mit heftigen Bewegungen trieben sie sich gegenseitig zum Höhepunkt. Wie ausgehungert liebten sich die beiden bis zum Abend.

Zum Abendessen gab es Wachteln in Rotweinsoße auf Chinakohl mit einer Beilagenplatte, wie sie nur Luisa zaubern konnte. Dazu wurde ein „68er Morresco Rosso" gereicht. Zum Dessert hatte Luisa sich etwas Besonderes ausgedacht um Holger zu imponieren. Es gab „Kaffee – Panna – Cotta mit Schokoladensauce". Holger liebte es.

Insgeheim hatte Luisa an Holger einen Narren gefressen. Oft, wenn sie allein war, schwärmte sie für ihn. Sie ließ keine Gelegenheit aus um ihn zu betüddeln. Monika fiel dies natürlich auch auf und hatte sie hierfür schon einmal zurechtgewiesen.

Nach dem Abendessen ging Caroline mit Cäsar und Nero noch eine Runde. Als sie die Große Bergstraße verließ, schlugen plötzlich die Hunde an. Sie blieb stehen, nahm die Leinen fester in die Hand und lauschte in die Dunkelheit. Es war schon merklich kühl und man spürte ein wenig den Spätherbst herannahen.

An einer Laterne etwa 30 m vor ihr, machte sie im Halbschatten der Laterne eine Gestalt aus. Carolin ging ohne jegliche Furcht weiter. Mit Nero und Cäsar an der Leine fühlte sie sich sicher. Die Hunde zerrten jetzt immer heftiger an der Leine. Carolin hatte Mühe sie im Griff zu behalten. Als sich die Entfernung zwischen der Gestalt und ihr verringerte, erkannte sie Ben. Sie war jetzt auf 5 Meter an ihn heran gekommen, als er laut rief:

>>Halt die Hunde zurück und bleib stehen wo du bist.<<

>>Was machst du denn hier in drei Teufels Namen?<<
Fragte sie.

>>Dreimal darfst du raten. Deine Mutter hat ein Glück, das ist nicht normal. Weitere Anschläge auf sie sind ausgeschlossen. Wir müssen von dir wissen, zu welcher Zeit wir sie am besten vor der Villa abfangen können,<<
Carolin reagierte unsicher.

>>Wollt ihr sie etwa hier vor der Tür....?<<

>>Nein, nein! Wir wollen sie abfangen und die Sache an einer anderen Stelle zu Ende bringen,<<
unterbrach er sie.

>>Wenn du mich so fragst, manchmal verlässt sie abends zwischen 21:00 Uhr und 22:00 Uhr das Haus für einen Spaziergang.<<

>>Etwa mit diesen Bestien?<<
Zeigte er auf die beiden Dobermänner die seine Worte wohl verstanden hatten, denn sie fingen an zu knurren.

>>Nein, um die Hunde kümmert sie sich nicht. Dies sind

meine Hunde. Manchmal geht Hans–Georg, unser Gärtner mit ihnen. Im Übrigen sind Cäsar und Nero keine Bestien. Sie sind ganz liebe und schöne Tiere,<<
sagte sie fasst schon beleidigt.

Sie bückte sich zu ihnen runter, um ihnen das im Laternenlicht glänzende Fell zu streicheln.

>>Wenn ihr Monika in den nächsten Tagen abfangen wollt, ist das schlecht. Ihr Freund, der Notar aus dem Zooviertel, hat sich für einige Tage bei uns eingenistet. In drei Tagen wird er verschwunden sein. Er hat dann Termine im Ausland. Dann müsst ihr sofort handeln, denn Monika bekommt in den nächsten Tagen einen Body Gard, der sie auf Schritt und Tritt begleiten soll. Dann habt ihr keine Chance mehr,<<
erklärte sie besorgt.<<

>>OK, ich mache mich jetzt vom Acker,<<
gerade wollte er sich umdrehen um zu gehen als er nachsetzte:

>>Was hast du dir eigentlich dabei gedacht auf den Audi deiner Mutter zu schießen? Aber Kompliment, das war ein sauberer Treffer.<<

>>Aber nein, ich war das nicht! Ich dachte, ihr wart das! Wenn ihr es nicht wart, habe ich keine Erklärung wer das gewesen sein kann.<<
Er ließ sie stehen und rief noch kurz:

>>Wer es glaubt...!<<

# 11

Monika saß in ihrem Lieblingssessel in der Bibliothek und las. Als Holger eintrat, legte sie ihr Buch aus der Hand und schaute über die Lesebrille die verriet, dass sie doch nicht mehr die Jüngste war.

>>Na Schatz, du musst dir mehr Licht machen sonst verdirbst du dir die Augen,<<
sagte er in einem vertrauten Ton, als wären sie schon viele Jahre verheiratet und betätigte den Lichtschalter.

>>Ja, du hast recht, ich war mit meinen Gedanken völlig abwesend und habe es nicht bemerkt. Komm gib mir einen Kuss.<<

Holger beugte sich über ihre Schulter, drehte sich zur Seite und küsste sie auf die Stirn, auf die Nase und schließlich auf ihre zarten Lippen, die ihn schon so oft verwöhnt hatten.

>>An was hast du gerade gedacht, als ich eintrat?<<

>>Ich stelle mir immer und immer wieder die Frage, ob die Anschläge auf mein Leben und der Unfall im Zusammenhang zu sehen sind. Und ob ich so viele Feinde habe. Ich zermartere mir den Kopf, wer mich nur so abgrundtief hast.<<

>>Und, was glaubst du?<<
Fragte Holger. Er zog einen Sessel heran und setzte sich zu ihr.

>>Erzähle, was bedrückt dich genau?<<

>>Als ich damals - als du schon aus dem Haus warst – aus der Hindenburg Straße wegfuhr, hatte ich das Gefühl als hörte ich in der ersten Kurve ein klapperndes Geräusch. Ich dachte mir nichts dabei, fuhr weiter zügig in Richtung Gehrden und dann gab es einen peitschenden Knall. Die Untersuchungsbeamten hatten festgestellt, dass an der linken Radaufhängung manipuliert wurde und dass Radmuttern gelöst waren. Mal ganz abgesehen davon, dass mir einer den Reifen zerschossen hat. Ich verstehe das alles nicht,<<

sagte sie zweifelnd.

>>Ich bin doch ohne Probleme zu dir gefahren und habe kein ungewöhnliches Geräusch bemerkt. Das kann doch nur bei dir vor dem Haus passiert sein.<<

>>So wie du es schilderst, macht das Sinn. Hast du das auch so den Beamten vom LKA gesagt?<<

fragte Holger.

>>Ja, natürlich.<<

>>Mal unterstellt, du hast recht und einer hat vor meinem Haus an deinem Auto rumgefummelt, was macht es dann für einen Sinn noch auf das Auto zu schießen?<<

>>Vielleicht wollte jemand auf Nummer sicher gehen.<<

>>Da kannst du recht haben. Was ich allerding wirklich merkwürdig finde, ist die Sache mit der Trainingsmaschine. Die müssten doch jeden Tag kontrolliert werden!<<

Meinte Holger zu ihren Worten.

>>Meinst du? Hauptkommissarin Freia Decker vom Landeskriminalamt meinte, dass die Kette vom Zahnrad des

Gerätes gesprungen sei. So etwas passiert vielleicht einmal in hundert Jahren. Denkbar ist so etwas schon,<<
sagte Monika.

>>Sie haben mir auch versichert, dass sie meine Überlegungen in ihren Überprüfungen berücksichtigt haben. Es gab aber keine Anzeichen von Manipulation.<<

>>Lass uns aufhören, du machst dich noch verrückt. Was geschehen ist, ist geschehen. Es lässt sich nicht mehr ändern. Du bist halt ein riesen Pechvogel,<<
sagte er und streichelte ihr liebevoll die Wange.

>>Wir sollten glücklich sein, dass es nicht noch schlimmer ausgegangen ist.
Was würdest du davon halten, wenn wir eine Party mit lieben Freunden veranstalten? Du kommst dann auf andere Gedanken.<<

>>Ja, das ist eine tolle Idee. Vielleicht hast du recht. Du bist so lieb zu mir,<<
sagte sie mit einem Ton aus Freude und Dankbarkeit.


Holger schenkte sich einen „Single-Malt-Whisky" ein, nahm einen Schluck und fragte Monika, ob sie ein Martini möchte.


Als beide so vereint in der Bibliothek ihren Drink schlürften, kam Carolin mit den Hunden zurück. Cäsar und Nero verkrochen sich unter die Treppe in der Eingangshalle. Hier war ihr Lieblingsplatz von wo aus sie alles unter

Beobachtung hatten. Carolin goss sich im Salon einen Gin ein und verabschiedete sich von Luisa, die letzte Arbeiten in der Küche verrichtete.

Auf der Treppe begegnete sie Tanja, die gerade aus ihrem Zimmer kam. Sie hatte für Carolin eine Schale mit frischem Obst gebracht, und ihr ein Bad für die Nacht vorbereitet. Sie wünschte Tanja eine gute Nacht und bat sie noch, dass sie sie morgen um 9:00 Uhr wecken möge. Dann verschwand sie in der Tür, die sie hinter sich schloss.

Carolin stellte ihren Drink ab, nahm die Fernbedienung vom Tisch und lümmelte sich auf das Sofa. Wahllos zippte sie sich durch die Sender des Fernsehgerätes. Sie stand auf, begann sich vor dem Spiegel auszuziehen und ging ins Bad, um das Badewasser auf die richtige Temperatur zu prüfen.

Durch die offen stehende Tür konnte man prima das laufende TV – Programm verfolgen. Sie nahm ihren Drink, stellte ihn auf die Badewannenauflage und ließ sich genüsslich in die Wanne gleiten. Der Badeschaum prickelte auf ihrer Haut und Carolin seufzte entspannt. Als sie so dösend in den Schaumbergen lag, lief gerade die Krimiserie „Magnum". Die Serie gehörte sicher nicht zu Carolins bevorzugten Sendungen, war aber zu Relaxen gerade das Richtige.

Auf dem Bildschirm ereignete sich eine Szene, in der eine junge Frau von ihrem Liebhaber erschlagen wurde. Er schleppte sie eingewickelt in einen Duschvorhang in den Fahrstuhl des Appartementhauses, fuhr in die Tiefgarage und verfrachtete die Tote in den Kofferraum seines Thunderbird. Mit der Toten fuhr er zum Stausee am Rande der Stadt. Auf seinem Weg hielt er an, lud noch einige dicke Steine, die am Straßenrand lagen, in den Kofferraum und setzte seine Fahrt fort. Im Schutze der Dunkelheit zog er sie zur Staumauer, hob sie über das Geländer und ließ sie, mit Steinen beschwert in die Tiefe fallen.

Als die Tote mit einem lauten Klatsch auf das Wasser des Stausees aufschlug, schrak Carolin aus ihrem Dösen auf. Sie richtete sich so schnell auf, dass das Badewasser über den Rand schwappte.

>>Das ist es! Das ist die Lösung des Problems!<<
Rief sie gerade heraus. Sie griff das Handtuch, stieg aus der Badewanne und lief triefend nass zum Telefon. Gerade wollte sie die Nummer von Ben wählen als sie inne hielt.

>>Nein, das ist zu unsicher. Wenn die vom LKA wieder beginnen zu ermitteln, werden sie auch die Telefongespräche von uns allen überprüfen. Ich muss ihn persönlich treffen,<<
dachte sie für sich.

Sie ging zurück ins Bad und ließ sich erneut in die Badewanne rutschen. Es ging ihr gut, sie genoss ihre Gedanken und gab sich voll der Ruhe hin.


Carolin lief aufgeregt in ihrem Büro hin und her. Ihre Gedanken waren ständig bei der Szene des gestrigen Krimis. >>Ein genialer Plan, Ben wird sich freuen.<<

Carolin bat ihre Sekretärin, Jasmin Lichtenstein, ihr eine Verbindung mit Jörg Hansen herzustellen. Es dauerte eine Weile, dann meldete sich Jasmin.

>>Herr Hansen für Sie auf Leitung Zwei.<<

>>Danke Jasmin, stellen sie durch!<<

>>Bist du behämmert, deine Sekretärin mich anrufen zu lassen. Ich hätte mich beinahe verplappert, wenn sie sich nicht mit dem Namen dein Agentur gemeldet hätte.<<

>>Ja, ja! Reg dich nicht auf. Ganz kurz, wir müssen uns heute Abend erneut treffen. Komm bitte wieder zu uns, wir treffen uns an der Laterne. Ich werde gegen 21:00 Uhr wieder mit den Hunden einen Spaziergang machen. OK?<<
Sagte sie und legte auf, bevor Ben reagieren konnte. Ben war völlig baff.

>>Die hat ja Mut. Ich glaube, ich muss ihr mal ihre Grenzen aufzeigen. Nur, was will sie? Sie geht doch kein unnützes Risiko ein, wenn es nicht wichtig wäre. Was hat sie wohl für Neuigkeiten?<<
Grübelte er.

Carolin leinte die Hunde an und verließ die Villa in der Großen Bergstraße. Es war 21:00 Uhr und sie nahm den gleichen Weg wie vor ein paar Tagen. Wieder stand eine Gestalt an der Straßenlaterne. Es war Ben, der genau so aufgeregt hin und her lief, wie sie am Morgen im Büro. Ben erblickte sie und kam geradewegs auf sie zu, ohne an die Hunde zu denken. Nero und Cäsar beschnupperten ihn wie einen alten Bekannten. Sie waren ganz friedlich und schauten ihn treu an.

Carolin erzählte ihm von dem Krimi, den sie gestern gesehen hatte. Sie erklärte Ben die Idee, die ihr beim Gucken kam.

>>Ein genialer Plan wie ich finde. Was meinst du?<<

>>Ich bin erstaunt über deine kriminelle Energie mit der du dir den gewaltsamen Tod deiner Mutter vorstellst!<< Bemerkte er.

>>Leider, meine Kleine, gibt es hier weit und breit keinen Stausee. Und mit einer Leiche im Kofferraum fahre ich doch nicht bis in den Harz. Ich bin doch nicht bekloppt! Vielleicht finden wir ja einen anderen Weg. Lass dich überraschen.<<

Sie gingen eine Weile die Straße hinab und sprachen noch über die einen oder anderen Bedenken in einer Vertrautheit, die sonst nur unter guten Bekannten zu finden ist.

Nach etwa einer halben Stunde suchte Ben das Weite und Carolin ging zurück zur Villa.

# 12

Der Winter kündigte sich früher als sonst an. Diesige und feuchte Tage schlugen aufs Gemüt. Die Bäume trugen schon einige Zeit keine Blätter mehr und das gefallene Laub wurde durch den böigen Wind in den Straßen umher gewirbelt. Die Nächte waren bereits empfindlich kühl und erste Formationen Kraniche und Störche zogen Richtung Süden.

Das Leben in der Villa in Gehrden hatte sich normalisiert. Der Anschlag und der Unfall waren so gut wie vergessen. Monika war immer noch mit Holger Kluge zusammen. Es war lange schon keine Liebelei mehr sondern echte Liebe zwischen den Beiden. In kürze können sie ihr Einjähriges feiern.

Seit dem Tode ihres Mannes vor knapp zehn Jahren, war sie mit vielen Männern zusammen, keinen hatte sie geliebt. Es waren immer kurze Affären die kaum länger als einen Monat hielten.

Carolin war vor knapp einem Monat für kurze Zeit mit Tobi Jordan, einem Autohändler aus Hameln befreundet. Während der kurzen Liaison war sie wie ausgewechselt. Sie sprühte vor Lebenslust, war spontan für alle möglichen Unternehmungen zu begeistern. So hatten ihre Mitbewohner in Gehrden sie ewig nicht gesehen. Tanja freute sich am meisten für Carolin. Sie verwöhnte Tobi wo es nur ging.

Carolin spürte seit langem mal wieder wie es ist, von einem Mann leidenschaftlich genommen zu werden. Sie liebten sich bei jeder Gelegenheit. Ob unter der Dusche, auf dem Schreibtisch ihres Büros oder, wie zwei Teenager, auf dem Rücksitz seines Wagens. Sie waren in ihrer Verliebtheit eingeschlossen und hatten in der Zeit keine Augen und Ohren für ihre Umgebung.

Die gesamte Zeit dachte Carolin nicht ein einziges Mal an Ben, Kevin und den Mordauftrag. Das alles war von ihrem Glück in den Hintergrund gedrängt worden. Sie nahm die täglichen Spitzen ihrer Mutter nicht mehr so ernst und der Hass gegen sie war einer Gleichgültigkeit gewichen.

Als sich rausstellte, dass Tobi verheiratet war und die Beziehung durch Carolin schlagartig beendet wurde, traten die Erinnerungen an den geplanten Mord wieder in den Mittelpunkt ihres Lebens. Carolin vergrub sich in ihrer Arbeit und ihre Liebe gehörte nun einzig und allein wieder den beiden Dobermännern, Nero und Cäsar.

Monika ließ sie bei jeder Gelegenheit spüren, dass sie die Trennung von Tobi genoss. Sie stichelte hier und stichelte da. Die Art und Weise wie sie mit ihrer Tochter umging, war schlicht zum Kotzen. Bei Carolin schürte dies erneut ein Hassgefühl gegen Monika, wie schon lange nicht mehr.

>>Die Trockenpflaume wird nie einen Mann bekommen. Sie sollte besser ihre beiden Köter heiraten,<<
hatte sie einmal mit boshaftem Ton zu Holger gesagt.

Er war zwar über Monikas Äußerungen schockiert, interessierte sich aber nicht weiter um die ständigen Rivalitäten der beiden.

Ben und Kevin hatten in letzter Zeit einigen Stress mit einer Rockergruppe vom Steintor. Stück für Stück bauten die Mitglieder der Gruppe ihren Einfluss im Rotlichtviertel aus. Sie hatten erfahren, dass Ben und Kevin im Milieu der Wohnungsprostitution tätig waren.

Kevin in seinem Größenwahn lieferte sich mit einigen der Gruppe immer wieder Handgreiflichkeiten, bis er letztlich in der Notaufnahme des Henriettenstift`s landete. Er konnte zwar noch am gleichen Tag entlassen werden, von den Blessuren hatte er länger was. Ben hatte Zweifel, dass Kevin daraus gelernt hatte. Er würde seine Hitzköpfigkeit wohl nie ablegen.

Polizeibeamte aus der Herschelstraße hatten die Prügelei seinerzeit beendet und gegen Kevin und zwei der Rockergruppe ein Verfahren eingeleitet. Da nicht geklärt werden konnte, wie es zu der Auseinandersetzung kam und weil niemand Anzeige erstattete, wurden die Verfahren von der Staatsanwaltschaft eingestellt.

Ben machte es wieder auf seine Art. Er traf sich mit dem Chef der Gruppe und sie handelten einen Deal aus. Die Gruppe erhielt fortan 10% der Einnahmen und garantierten dafür absoluten Schutz. Für Ben und Kevin blieb noch genug von den Einnahmen der Ladies. Angesichts der zu erwartenden Millionen waren es sowieso nur Peanuts.

Ben und Kevin verhielten sich in den folgenden Wochen unauffällig. Im Steintorviertel wurden sie lange nicht gesehen. Sie verbrachten ihre Zeit im Canarisweg oder in einer der nahegelegenen Kneipen.

Um nicht tatenlos rumzuhängen, beschäftigten sie sich mal wieder mit dem Mordauftrag von Carolin und überlegten weitere Szenarien. Die Idee von Carolin hatten sie schnell verworfen. Sie fanden ihre Überlegungen zwar ganz nett aber unrealistisch.

Ende November ergab sich, dass Monika für einige Tage in den Norden Italiens musste. Ihre Beteiligung an einer Immobilie, die sie schon seit Monaten abstoßen wollte, stand nun endlich zum Verkauf.

Ein italienischer Immobilienhändler war an der Häuserzeile, mitten in der schönen Stadt Verona interessiert.

>>Holger, hast du nicht Lust mich nach Verona zu begleiten? Ich möchte das Angenehme mit dem Nützlichen verbinden,<<
fragte sie ihn.

>>Verona ist wunderschön, ich war jetzt bestimmt schon fünf Mal dort. Die berühmte Arena mit den phantastischen Opernaufführungen und die vielen schönen Bauwerke,<< schwärmte sie.

>>Gerne, mein Schatz! Ich bin aber leider zur Zeit in zwei Strafverfahren involviert und unabkömmlich. Wir holen das auf jeden Fall nach. Versprochen!<<

>>Ach, bitte. Versuch doch die Termine zu verschieben. Wir können auch einen Abstecher nach Venedig machen, die Stadt der Liebenden,<<
säuselte sie ihm ins Ohr, setzte sich auf seinen Schoss spielte mit seinem Haar und gab ihm einen dicken Kuss.

>>Das klingt verlockend mein Liebes, es geht aber wirklich nicht!<<

Selbst ein wenig enttäuscht, stellte er sich gemeinsame Tage mit Monika in Italien vor. Venedig mit Monika. Heiße Nächte, Kultur und gutes Essen. Urlaub hatte er schon lange nicht. Eine Auszeit hätte ihm sicher gut getan. Aber was nicht geht, geht halt nicht.

# 13

Im gesamten Norden der Bundesrepublik grassierte eine Grippewelle, wie sie mit der Heftigkeit das letzte Mal vor zwanzig Jahren zu beklagen war. Einige kleinere Betriebe in der Region Hannover mussten wegen der hohen Krankenstände bereits Zwangsferien anordnen.

Auch Holger hatte es erwischt. Seit Tagen war er mit hohem Fieber ans Bett gefesselt. Eigentlich hatte er sich vorgenommen, Monika zum Flughafen zu bringen, doch sein Zustand ließ dies nicht zu.

Monika kämpfte mit sich und war drauf und dran die Reise abzusagen. Sie wollte ihn in diesem Zustand nicht allein lassen. Holger bestand jedoch darauf, dass sie flog.

>>Tanja und Luisa werden schon gut für mich sorgen!<<
Meinte er mit heiserer Stimme und schnaufte in sein Taschentuch.

>>Du fliegst und damit basta!<<
Erich, der Fahrer, war seit gut einer Woche in Süddeutschland. Seine Mutter war gestorben und er wollte sich um die Formalitäten der Beerdigung kümmern.

Carolin wollte sie nicht fragen um sich eine Abfuhr zu ersparen. Also orderte sie bei 3811 ein Taxi für den nächsten Tag, welches sie zum Flughafen fahren sollte. Carolin, die davon hörte, informierte umgehen Ben.

Am nächsten Tag:
Das Taxi bog in die Große Bergstraße ein und hielt vor dem

schmiedeeisernen Tor der Jugendstilvilla. Ein kräftig gebauter Fahrer mit schütterem Haar, Schnauzbart, Brille und Schirmmütze stieg aus. Er ging ans Tor und läutete. Kurze Zeit später ertönte es aus der Gegensprechanlage:

>>Ja, bitte?<<

>>Ihr Taxi ist da!<<

>>Moment bitte ich öffne das Tor.<<

Nach einer Weile öffnete sich das Tor und das Taxi fuhr vor den Treppenaufgang. In der offenen Tür stand bereits Hans–Georg, mit zwei schweren Koffern. Hinter ihm tauchte Monika in einem voluminösen Pelzmantel auf. Mit Handtasche in der einen und einem Bordcase in der anderen Hand folgte sie Hans–Georg.

An der Treppe nahm sie der Taxifahrer in Empfang, öffnete den Kofferraum und verstaute das Gepäck. Monika verabschiedete sich noch knapp von Hans–Georg und stieg in den Wagen. Der Fahrer schloss die Tür und stieg dann mit einem leichten Nicken in Richtung des Gärtners, ebenfalls in das Taxi.

>>Wohin darf ich sie fahren?<<

>>Zum Flughafen, Terminal C auf der Abflugebene bitte,<<

erwiderte Monika.

>>Soll ich den schnellen Weg über die A2 fahren oder über die Bundesstraße?<<

>>Fahren sie ruhig über die B65, ich habe genug Zeit bis zum Abflug.<<

Sie verließen die Große Bergstraße in Richtung Ortsausgang um über die Bundesstraße nach Hannover zu fahren. Dies war zwar nicht der schnellste, aber der schönere Weg. Nach etwa 15 Minuten Fahrt verließ der Wagen die Bundestraße und fuhr durch ein kleines Waldstück.

Mit Raureif bedeckte Bäume säumten den Weg. Der weiße Schleier, der sich auf die Landschaft außerhalb der Stadt gelegt hatte, wirkte wie Zuckerguss auf einem Silvesterkrapfen. Die Gegend um den Benter Berg war wunderschön. Hier war die Natur noch sehr ursprünglich und nicht so zersiedelt wie anderswo.

>>Wo fahren sie in drei Teufels Namen mit mir hin?<<

>>Sie wollten doch über die Bundesstraße zum Flughafen fahren. Dies ist der kürzeste Weg!<<

Kam die Antwort.

>>Auf der Stelle drehen sie um. Dies ist ein großer Umweg. Ich will zum Flughafen und hier keine Safari veranstalten,<<

befahl sie sehr ungehalten.

>>Hier geht es überall hin, nur nicht zum Flughafen.<<

Der Fahrer ging in die Bremsen, griff ins Handschuhfach und entnahm eine „Walter P Automatik". Er drehte sich zu ihr um ehe sie registrieren hatte, was geschah und schrie:

>>Halt das Maul du Schlampe, sonst puste ich dir dein entzückendes Köpfchen weg!<<

Das Taxi bog von der Lenter Chaussee links in einen Feldweg ein und fuhr weiter bis zum Davenstedter Holz. Hier parkte er geschützt hinter einer Reihe von dichten Büschen. Es konnte sie hier niemand ausmachen. Die einsetzende Dämmerung gab zusätzlich Deckung.

>>Wir beide werden jetzt einen kleinen Spaziergang machen. Los steig aus und mach keine Zicken.<<

>>Was haben sie mit mir vor?<<

>>Nach was sieht das hier aus? Etwa nach einem Betriebsausflug oder einer Wanderung?<<
Lachte er lauthals.

>>Ich kenne sie irgendwo her! Ja, sie sind doch Trainer im „Body World". Seit wann tragen sie einen Bart und eine Brille?<<
Sagte sie zitternd vor Angst und Kälte.

Monika liefen plötzlich die Ereignisse der letzten Monate wie ein Film vor ihren Augen ab.
Der Anschlag, das defekte Trainingsgerät. Alles das waren doch keine Zufälle!

>>Lassen  sie mich bitte gehen. Ich gebe ihnen alles was sie wollen. Bitte lassen sie mich doch gehen. Sie können von mir alles haben,<<
flehte sie ihn an.

>>Bring mich nicht in Versuchung,<<
lachte er dreckig.

>>Wenn ich dich so betrachte, hätte ich eine Menge Ideen wie wir zwei uns die Zeit vertreiben könnten. Aber bei der Kälte regt sich nichts!<<

>>Bitte, lassen sie mich doch gehen. Tun sie mir nichts, ich werde auch keinem Menschen etwas verraten,<<

bettelte sie unter Tränen der Verzweiflung. Sie rieb sich die Tränen aus ihrem Gesicht und verschmierte ihr gesamtes Makeup. In dunklen Streifen lief die Wimperntusche über ihre Wangen.

Er trieb sie mit ständigen Stößen in den Rücken vor sich her.

>>Hör auf zu flennen, du gehst mir auf den Zeiger!<<
Blaffte er sie an und versetzte ihr einen Schlag mit dem Pistolenknauf ins Gesicht. Sie schrie mit schmerz verzerrtem Gesicht auf.


Als beide schließlich in den kleinen Waldweg im Davenstedter Holz  einbogen, hörten sie Geräusche als wenn jemand durchs Unterholz ging und unter seinen Füßen kleine Äste zerbrachen.

>>Gott sei Dank!<<
Dachte Monika in ihrer Angst um ihr Leben.
Das Geräusch kam näher und plötzlich trat ein ungepflegter Kerl aus dem Gehölz.

>>Ich bin gerettet!<<
Hoffte Monika und unterdrückte ihr Weinen.

>>Hallo Ben! Endlich seid ihr da! Wie siehst du denn aus? Mit der hässlichen Brille und dem Oliba erkennt dich keine Sau,<<
rief Kevin lachend.

Monika begriff. Ihr wurde schwarz vor Augen und ihre Knie wurden weich. Sie brach vor den Füßen von Ben und Kevin weinend zusammen.

Ben riss ihr am Arm und stellte sie wieder auf die Füße. Noch immer benommen hatte sie Mühe sich aufrecht zu halten.

>>Kevin, schaff sie mir aus den Augen und lass sie verschwinden. Ich sehe zu, dass ich so schnell wie möglich das Taxi wieder los werde,<<
gab er Kevin klar Order.

>>Und Hände weg von dem schönen Kind, auch wenn es schwer fällt.<<

>>Lasst mich bitte leben. Warum macht ihr das nur mit mir? Was habe ich euch getan? Wollt ihr mein Geld, ihr könnt alles von mir haben, aber lasst mich bitte leben,<<
winselte sie erneut.

Ben und Kevin beachteten ihr Flehen nicht. Ben ging zurück zum Taxi ohne sich noch einmal umzudrehen. Zwischenzeitlich hatte die Dämmerung zugenommen und die Dunkelheit legte sich über das Wäldchen.

Monika wehrte sich jetzt verzweifelt, doch Kevin schlug gnadenlos auf sie ein und zerrte sie an den Rand des Waldweges. Er riss ihr die Kleidung vom Leib so dass sie nur noch mit BH und Slip bekleidet auf dem feuchten Waldboden lag. Sie weinte noch immer und zitterte vor Angst und Kälte. Kevin nahm einige Kabelbinder und fesselte sie an Händen und Füssen. Durch seine Handschuhe hatte er Schwierigkeiten, das Klebeband, mit dem er ihren Mund verkleben wollte, von der Rolle zu ziehen. Monikas Weinen wurde jetzt durch ihr Stöhnen, verursacht durch die Schmerzen der Schläge, abgelöst. Sie wusste, dass es keine

Chance mehr gab, aus dieser Situation zu entfliehen. Erneut wurde ihr schwarz vor Augen und sie viel in Ohnmacht.

Sie lag fast nackt, nur in ihre Dessous gekleidet, auf dem modrigen Boden. Kevin starrt sie im Halbdunkel mit einer Geilheit an, dass er sich selbst erschrak.

Was hatte Ben gesagt:

>>Hände weg von dem schönen Kind, auch wenn es schwer fällt.<<

Nachdem Ben die Koffer in einem Container am Lindener Hafen entsorgt hatte, stellte er, wie selbstverständlich, das Taxi auf dem Gelände von „3811" am Lindener Hafen ab. Hier fällt am wenigsten auf, dass es zuvor geklaut wurde. Er reinigte noch gründlich Lenkrad, Schaltknüppel und alle Türgriffe ab und schloss die Tür.

Nachdem er mit allem fertig war, riss er sich seinen Schnurrbart ab und warf ihn zusammen mit der Brille in den Papierkorb der Bushaltestelle. Dann stieg er in den Bus der Linie 120 und fuhr Richtung Innenstadt. Hier hatte er sich mit einigen Kumpels zum Pokern verabredet. Er atmete tief durch und dachte:

>>Endlich erledigt! Hoffentlich hat Kevin die Sache sauber zu Ende gebracht.<<

Entspannt legte er seinen Kopf an die Scheibe und döste in die Dunkelheit. Er ertappte sich dabei, dass er bereits an die Kohle, die er bald in seinen Händen halten sollte, dachte.

>>Die Fahrtausweise bitte!<<

riss es ihn aus seinen Gedanken.

Ben hatte natürlich vergessen ein Ticket zu lösen. Als der Kontrolleur näher kam und ihn ansprach, stritt und lamentierte er lautstark herum.

>>Leck mich am Arsch! Hier nimm und verpiss dich!<< fuhr Ben ihn hart an.

Der Kontrolleur von der Firma „Pro Tec" – einem Sicherheitsdienst der Üstra – ließ sich nicht provozieren. Er nahm die 50 €, gab ihm 10 € und die Quittung für die einbehaltene Summe wegen Schwarzfahrens zurück und verabschiedete sich höflich.

Am späten Abend kam Ben von seiner Pokerrunde nach Hause. Kevin lag auf dem Sofa, guckte in der Glotze eine Krimiserie und lutschte an seinem Bier.

Kevin sprang auf und begann zu erzählen, wie er die Sache beendet hat. Bei seiner Schilderung ließ er kein einziges Detail aus.

>>Zuerst habe ich die Kleine weit in den Wald getrieben, sie gefesselt und ihr dann einen Kopfschuss verpasst. Dann habe ich ihre Leiche, nur mit BH und Slip bekleidet im Wald vergraben und alles mit kleinen Ästen, Laub und Waldboden bedeckt. Wenn hier nicht gezielt mit Hunden gesucht wird, findet die kein Schwanz wieder. Wenn du mich fragst, ich wüsste schon jetzt nicht mehr genau, wo ich sie vergraben habe,<<
prahlte er mit seinem Tun.

>>Ihre Klamotten habe ich in einem Altkleidercontainer vom „Roten Kreuz" entsorgt. Das Handy habe ich mitgenommen,<<
ergänzte er und legte das Telefon auf den Tisch.

>>Super mein Kleiner. Ich bin stolz auf dich. Jetzt warten wir erst einmal ein paar Wochen und fliegen dann in Urlaub nach Malle. Heute Abend werden wir ihrem Holger noch eine SMS senden. „Bin gut angekommen und werde mich wieder melden und so weiter". So gewinnen wir noch etwas Zeit bis sie vermisst wird,<<
schlug Ben vor.

>>Wir müssen jetzt unauffällig unseren Alltag gestalten. In den nächsten Tagen wird Monika noch in Italien vermutet. Dann wird keiner sie vermissen und Anzeige bei den Bullen erstatten. Wenn Monika sich dann nicht mehr meldet, wird ihr Herr Doktor sicher die Bullen einschalten. Das kann einige Tage dauern. Bis dahin ist Ruhe.<<

>>Ich dachte, wir machen uns jetzt schon vom Acker und knallen uns in die Sonne.<<

>>Jetzt bist du wieder der Alte. Quatschen ohne zu denken. Bis Carolin die Erbschaftsangelegenheiten erledigt hat, dauert das so oder so einige Wochen. Und wenn sie die Leiche nicht finden, wird die Schöne erst nach einem Jahr, offiziell für Tod erklärt. Also, bleib ruhig. Jetzt sind schon so viele Monate vergangen, dann kommt es auf die paar Wochen auch nicht mehr an. Sicher ist sicher!<<
Versuchte er Kevin aufzuklären.

Die beiden ließen die Nacht noch einige Biere durch die Kehlen rinnen bevor sie voll bis zum Kragen in einen Tiefschlaf bis zum nächsten Nachmittag fielen.

# 14

In der Verwaltung der „Oppermann Immobilien GmbH"
läutete das Telefon. Die Büroleiterin von Monika von
Oppermann nahm den Hörer ab. Am anderen Ende meldete
sich Advokat Doktore Benzini, der Finanzberater von Senior
Paresi aus Verona.

>>Oppermann Immobilien, mein Name ist Sonja Castello,
was kann ich für sie tun.<<

>>Guten Tag Frau Castello, entschuldigen sie bitte mein
gebrochenes Deutsch. Gehe ich recht in der Annahme, dass
auch sie aus Italien sind?<<

>>Nein Dr. Benzini, ich bin mit einem Italiener
verheiratet. Er stammt aus La Spezia.<<

>>Das ist ja entzückend.<<
schwärmte er.

>>Darüber müssen wir bei Gelegenheit einmal plaudern.
Ich möchte jetzt aber erst einmal mit Frau von Oppermann
sprechen.<<
fuhr er fort.

>>Ich bin offen gestanden etwas irritiert. Frau von
Oppermann ist vorgestern nach Verona geflogen. Sie wollte
die Vertragsangelegenheiten für die Immobile in Verona
regeln. Ich bin davon ausgegangen, dass sie sich mit ihnen
und Herrn Paresi treffen wollte.<<

>>So ist es. Nur ist Frau von Oppermann nicht zum
Termin erschienen. Wir hatten einen Fahrer zum Flughafen

geschickt, doch sie war nicht in der Maschine und ihre Hotelreservierung hat sie ebenfalls nicht genutzt,<<
erklärte Dr. Benzini.

>>Das ist ja merkwürdig! Ich werde mich umgehend erkundigen, um den Verbleib von Frau von Oppermann zu klären, Dr. Benzini. Sobald ich etwas in Erfahrung gebracht habe, rufe ich zurück. Spätestens aber morgen,<<
schlug sie vor.

Advokat Doktore Benzini bedankte sich bei Sonja Castello und verabschiedete sich mit seinem holperigen Deutsch, das einen gewissen Charme ausstrahlte.


Sonja Castello nahm erneut den Hörer und rief in Gehrden an. Als sie auch dort erfahren musste, dass Monika vorgestern abgereist war, erklärte sie Tanja, die am anderen Ende der Leitung war mit aufgeregter Stimme, was ihr gerade Dr. Benzini mitgeteilt hatte.

Tanja, konnte sich nicht erklären, weshalb Monika ihren Flug verpasst haben könnte.. Normalerweise meldet sie sich immer nach Ankunft im Hotel, oder sie hätte sich für den Fall, dass sie kurzfristig umdisponiert hatte, im Büro gemeldet.

>>Frau von Oppermann ist hier vorgestern in ein Taxi zum Flughafen gestiegen. Unser Gärtner, hat noch die Koffer zum Taxi getragen. Seit dem haben wir nichts mehr von ihr gehört. Vielleicht rufen sie einmal Dr. Kluge oder Carolin von Oppermann im Büro an,<<
schlug Tanja vor.

>>Danke! Dass werde ich tun,<<
bedankte sich Sonja Castello und legte auf.

Weder Carolin noch Holger Kluge konnten ihr weiterhelfen. Holger, den sie bei sich zu Hause erreicht hatte, hütete noch immer, grippegeschwächt, das Bett.
Er erklärte ihr, dass Monika sich vorgestern Abend per SMS gemeldet hatte. Sie sei gut angekommen und meldet sich wieder. Er hatte sich schon gewundert, dass sie nicht anrief und nur eine SMS gesendet hatte.
Nach Sonjas Anruf setzte Holger sofort alle Hebel in Bewegung, um den Verbleib von Monika zu klären.

Die Recherchen seines Büros endeten alle am Flughafen Hannover Langenhagen. Monika hatte dort nicht eingecheckt, der Flieger hob ohne sie ab.
Da die Angelegenheit unerklärlich war, benachrichtigte Holger schließlich die Polizei. Aus gesundheitlichen Gründen konnte er das Haus nicht verlassen. Die Beamten der Polizeistation Kleefeld in der Fuhrberger Straßen waren bereit, in zu Hause aufzusuchen.

Kommissar Torsten Brix und sein Kollege Manfred Penningsdorf läuteten am Haus Nr. 70 in der Hindenburg Straße. Pamela öffnete und führte die Kommissare zu Holger, der im Wohnzimmer, mit einem Jogginganzug bekleidet, auf dem Sofa lag. Pam hatte ihm gerade ein Glas heiße Milch mit Honig serviert.

Die beiden Beamten betraten den Raum und Holger wollte sich gerade hoch bemühen um die beiden zu begrüßen.

>>Bleiben sie bitte liegen Dr. Kluge. Wir haben nur einige Fragen zu ihrem Anruf und müssen einige Formalitäten abklären,<<

sagte Kommissar Brix.

>>Es hat sie ganz schön erwischt. Zur Zeit grassiert die Grippe aber auch überall!<<

>>Darf meine gute Seele ihnen etwas anbieten? Einen Kaffee vielleicht?<<

>>Kaffee wäre gut.<<

Pamela verließ den Raum, ging in die Küche und brühte wie früher den Kaffee auf. Sie hasste die heutigen Kaffeemaschinen. Sie war fest davon überzeugt, dass ihr Kaffee weit und breit der beste ist.

Holger erzählte unterdessen den beiden Kommissaren alles über das mysteriöse Verschwinden von Monika.

Kommissar Brix, ein großer Rotschopf, wirkte ein bisschen steif. Seine Haarfarbe und sein Stil sich auszudrücken, ließen den Schluss zu, dass er Vorfahren auf der Insel gehabt haben musste. Die Art und Weise, wie er das Protokoll verfasste, ließ vermuten, dass es sich um einen gewissenhaften, fast schon pedantischen Polizeibeamten handelte.

Sein Kollege, Kommissar Manfred Penningsdorf, war er unscheinbar. Er machte auf Holger den Eindruck, als würde er in dem Duo die zweite Geige spielen. Penningsdorf sagte so gut wie gar nichts und überlies alles seinem Kollegen.

>>Meine Herren, ihr Kaffee,<<
sagte Pam.

Sie stellte das Tablett mit Kaffee und etwas Gebäck vor den beiden Beamten auf den Glastisch und wollte gerade gehen, als Kommissar Brix sie ansprach.

>>Ach, entschuldigen sie. Wir hätten auch noch ein paar Fragen an sie.<<

>>Gern meine Herren. Wenn es Dr. Kluge recht ist?<<

Holger bat Pamela zu bleiben und forderte sie auf, sich zu ihnen zu setzen.

Pam nahm etwas schüchtern Platz und vergrub ihre Hände in ihrem Schoss.

>>Keine Angst Frau ....?<<

>>Sagen sie einfach Pam zu mir!<<

>>Keine Angst Pam, wir fressen niemanden. Wir wären ihnen dankbar, wenn sie uns erzählen könnten, ob ihnen am Verhalten von Frau von Oppermann in letzter Zeit etwas aufgefallen ist. Hat sie sich eigenartig verhalten, hat sie Aussagen getroffen, die Hinweise auf ihr Verbleiben geben könnten oder gab es eventuell Anzeichen dafür, dass Frau von Oppermann untergetaucht sein könnte?<<
Überschüttete Brix sie mit Fragen.

Bevor Pam antworten konnte, griff Holger empört ein.

>>Bei allem Respekt meine Herren, Monika hatte keinerlei

Gründe unterzutauchen, wie sie sagen. Sie ist schließlich keine Kriminelle.<<

>>Verzeihen sie Dr. Kluge, ich habe mit meiner Frage nicht beabsichtigt, Frau von Oppermann zu diskreditieren. Es gäbe unter Umständen auch andere Gründe unterzutauchen. Ich meinte nur, dass sie .......!? Ach, vergessen sie einfach, was ich gesagt habe.<<

Brix bedankte sich bei Pamela ohne auf eine Antwort zu seinen Fragen zu warten.

>>Es muss etwas passiert sein. Schließlich ist Monika in den letzten Monaten bei einem Anschlag und bei einem Unfall nur knapp mit dem Leben davon gekommen. Ich jedenfalls glaube nicht mehr an Zufälle.<<
hielt Holger den Beamten entgegen.

>>Ja, ich habe von den Vorfällen gehört. Wir werden uns mit den zuständigen Beamten in Verbindung setzen. Vielleicht haben sie recht und es gibt Verbindungen zu ihrem jetzigen Verschwinden.<<

>>Lassen sie bitte nicht zu viel Zeit verstreichen und starten sie schnell eine Suchaktion.<<

>>Ich sagte schon, vielleicht haben sie recht.<<

>>Natürlich habe ich recht, oder glauben sie tatsächlich Monika hätte sich nicht schon längst bei mir gemeldet, wenn alles mit rechten Dingen zugehen würde?<<

>>Verstehen sie mich bitte richtig Dr. Kluge, wir können ihnen diese Frage nicht ersparen: Haben sie sich in letzter Zeit gestritten oder gab es vielleicht Gründe für eine Trennung?<<

Pam, die noch immer verkrampft auf dem Sessel saß, war diese Frage sichtlich peinlich. Sie guckte verlegen auf den Boden und bat darum nun gehen zu können. Da sie ohnehin nicht wesentliches zur Erklärung über das Verschwinden von Monika, beisteuern konnte, entließ Brix sie. Schnell steuerte sie die Küche an und verschwand.

>>Noch mal meine Herren, wir lieben uns und es gab und gibt keine Gründe, weshalb Monika mich verlassen sollte!<< Sagte er ungehalten und verfiel vor Aufregung in einen Hustenanfall.

>>Beruhigen sie sich doch bitte Herr Dr. Kluge. In unserem Job müssen wir alle Möglichkeiten in Betracht ziehen.<<

>>Ursprünglich wollte sie, dass ich sie nach Verona begleite. Ich konnte sie leider wegen einiger wichtiger Termine, bei denen meine Teilnahme unumgänglich ist, nicht begleiten. Wir wollten einen Abstecher nach Venedig machen. Ich frage sie, weshalb sollte Monika ohne ein Wort verschwinden?<<

Brix fragte nach:

>>Sie sagten, dass Frau von Oppermann ihnen am späten Abend des Abreisetages eine SMS gesendet hat, in der sie mitteilt, dass sie gut angekommen sei und sich wieder melden werde. Haben sie dafür eine Erklärung Dr. Kluge?<<

>>Nein, aber genau das macht mich stutzig. Sie würde normalerweise anrufen und nicht eine SMS senden. Es muss

etwas passiert sein! Ich fühle das! Ich bitte sie, unternehmen sie etwas oder ich nehme die Sache selbst in die Hand,<< sagte Holger halb bittend, halb drohend.

Ihm war es ernst, das merkten auch die beiden Kommissare, die jetzt zu zweit versuchten ihn zu beruhigen. Schließlich versicherte Brix ihm, dass er umgehend alles Erforderliche zur Aufklärung veranlassen werde.

Brix und Pennigsdorf bedankten sich bei Holger und verabschiedeten sich mit den besten Wünschen auf baldige Genesung.

Auf dem Wege zur Ausgangstür lugten die beiden Beamten noch in die Küche, wünschten Pam einen schönen Tag und verließen das Haus.

Über Handy kündigte Penningsdorf ihren Besuch bei Carolin an. Dann machten sie sich umgehend auf den Weg zur Calenberger Esplanade.


Um die Mittagszeit ist der Verkehr in der Landeshauptstadt halbwegs erträglich, wenn die chaotische Ampelschaltungen nicht wären. Torsten Brix und Manfred Pennigsdorf erreichten schließlich gegen 13:00 Uhr die Esplanade. Sie hatten Glück und fanden recht schnell einen Parkplatz in der Nähe.

Beim Betreten des Gebäudes ging vor ihnen eine gut aussehende Brünette. Sie nahmen die Treppe und Kommissar Brix erwischte sich dabei, dass er der Brünetten auf ihr göttliches Hinterteil starrte.

Sie betraten die Agentur und wurden sogleich von Jasmin Lichtenstein in Empfang genommen.

>>Guten Tag meine Herren. Nehmen sie bitte einen Moment Platz, ich sage Frau von Oppermann Bescheid, dass sie da sind.<<

Nach wenigen Minuten erschien Carolin und begrüßte die beiden Herren.

>>Lassen sie uns beim Essen reden. Ich habe heute einen Termin nach dem anderen und komme sonst nicht dazu.<< Sie willigten ein und verließen mit einem kurzen Nicken in Richtung Jasmin Lichtenstein die Agentur.

>>Hier um die Ecke gibt es einen kleinen Italiener. Mir ist nach Pasta, wie sieht es mit ihnen aus?<<

Das kleine Restaurant in der Calenberger Straße ist eine dieser typischen Pizzerien, in denen die Beschäftigten der umliegenden Büros ihre Mittagspause verbringen. Die familiäre Atmosphäre vom Restaurant „Mama Luciano" liebte Carolin.

>>Sie werden begeistert sein,<< sagte sie.

>>Ich liebe den kleinen Laden. Sie müssen Rocco und Mama Luciano kennenlernen, so was liebes,<< schwärmte sie weiter.

>>Sie werden sich wie in einer anderen Welt fühlen. Verstehen sie, was ich meine? Kein Stress und einfache, gute Küche.<<

Sie traten ein. Die sehr einfach eingedeckten Tische, luden jeden, der die einfache aber schmackhafte italienische Küche bevorzugt, zum verweilen ein. Rocco, der Besitzer ist für die Getränke und den Service zuständig. Der kleine, dicke Rocco strahlt eine Freundlichkeit aus, die jeden Gast in seinen Bann zieht. Er kannte die besten Weine seiner Heimat und hatte für besondere Gäste wie Carolin die eine oder andere Flasche in seinem Keller. Er selbst, so erzählte er lachend seinen Stammgästen, bevorzuge die kalifornischen Weine.

Seine Frau verwöhnt die Gäste mit ihrer phantastischen Küche. Sie zaubert die schmackhaftesten Gerichte aus ihrer Heimat, der Toskana. Mama Luciano ist ebenso pummelig wie Rocco und mindestens genau so liebenswert.

>>Hallo Carolin, heute in Begleitung?<<
Rocco zwinkerte Carolin zu.

>>Was darf ich ihnen zu trinken bringen? Wenn ich mir erlauben darf, empfehle ich, nur für sie Carolin, exklusiv aus meinem Keller, einen „Chianti di Colli Senesi", einen harmonischen, weichen und trotzdem rassigen Chianti aus meiner Heimat. Der passt sehr gut zu ihnen, Carolin. Und was kann ich den Herren bringen?<<

>>Für uns bitte nur ein Wasser.<<

>>Sehr gern! Zum Essen empfehle ich ihnen heute unseren Mittagstisch. Mamas einmalige, unerreichte Ravioli mit Gorgonzola,<<

schwärmte Rocco über die Kochkünste seiner Lieben.

>>Das klingt gut Rocco, ich glaube das nehme ich. Bringen sie mir bitte noch dazu einen Salat, einen einfachen grünen. Was nehmen sie meine Herren Kommissare?<<

Fragte Carolin nach.

>>Kommissare? Oh, für die Polizei habe ich etwas kräftiges, ganz frisch zubereitetes Kaninchen in Rotweinsoße. Mama hat sich mit der Soße wieder selber übertroffen. Dazu würde ich ihnen einen „Brunello di Montalcino" empfehlen, einen funkelnden Roten.<<

>>Nein Danke, sehr liebenswürdig. Für mich bitte nur eine Minestrone, ein Wasser und später einen Espresso,<<

sagt Kommissar Penningsdorf und strich sich über den Bauch.

>>Ich muss auf meine Linie achten.<<

>>Und ich nehme auch den Mittagstisch und ein Wasser,<<

sagte Brix.

Rocco wiederholte die Bestellung und verschwand in Richtung Küche.


Als alle mit Speisen und Getränken versorgt waren, befragte Kommissar Brix Carolin nach Einzelheiten über Monikas Abreisetag.

Penningsdorf löffelte teilnahmslos seine Minestrone als hätte er mit alle dem nichts zu tun.

Auch Carolin konnte nicht viel mehr Licht ins Dunkel bringen als Pam und Holger.

>>Monika wurde von Hans-Georg unserem Gärtner mit ihren Koffern zum Taxi gebracht. Dann fuhr sie zum Flughafen. Mehr kann ich nicht sagen.<<

>>Am Flughafen ist sie nicht in ihren Flieger gestiegen. Können sie sich das erklären?<<

>>Keine Ahnung, ich kann das nicht glauben. Wenn sie sich kurzfristig anders entschieden hat, wäre sie doch zurückgekommen oder hätte angerufen und mitgeteilt was sie vor hat. Sie ist in den vielen Jahren, die ich mit ihr zusammen lebe, nie längere Zeit weggeblieben ohne, dass sie sich bei uns gemeldet hätte. Ich kann mir das alle nicht erklären!<<

Meinte sie.

>>Was sagt den Dr. Kluge zu der Sache, er ist doch zur Zeit am dichtesten dran und weiß was meine Mutter so vor hat?<<

>>Er ist fest davon überzeugt, dass ihrer Mutter etwas zugestoßen ist. Er befürchtet, dass sie einem Verbrechen zum Opfer gefallen sein könnte. Er fordert von uns umgehende Ermittlung und hat eine Vermisstenanzeige eingereicht.<<

>>Das halte ich für ziemlich weit hergeholt. Das klärt sich sicher bald als ein großes Missverständnis auf. Ich fürchte ich kann ihnen im Moment nicht viel helfen.

Aber mal was anderes, wie ist ihr Essen? Habe ich zu viel versprochen?<<

>>Nein, keineswegs! Mama Luciano ist eine begnadete Köchin,<<

kommentierte Brix.

In der Küche, die zum Restaurant hin offen ist, spitzte Mama Luciano die Ohren und genoss das Kompliment von Kommissar Brix. Es dauerte auch nicht lange, da stand Mama Luciano am Tisch der drei und fragte scheinheilig nach, wie es denn mundet. Natürlich, verband sie mit der Frage die Hoffnung, dass sie das Kompliment noch einmal zu hören bekam.

>>Phantastisch, ich habe selten eine so gute Minestrone gegessen.<<

>>Ich schließe mich den Worten meines Kollegen voll an, die Ravioli sind ein Gedicht,<<
sagte Brix.

Mama Luciano strahlte so breit, dass man den Eindruck haben konnte, dass ihre Mundwinkel bis an die Ohren reichten.

Carolin und die beiden Beamten verbrachten so noch etwa eine halbe Stunde bei Rocco. Sie schlürften zum Abschluss noch einen Espresso und verließen dann das „Mama Luciano".

Brix und Pennigsdorf kehrten zur Polizeistation Kleefeld zurück und berieten die Aussagen der Befragten. Sie kamen überein, sich mit Hauptkommissarin Freia Decker vom Landeskriminalamt in Verbindung zu setzen. Die Angelegenheit schien sich tatsächlich zu einem ausgewachsenen Problem zu entwickeln.

Sie besprachen Fakten mit Freier am Telefon und machten sich dann umgehend auf zum LKA.

Nachdem Brix und Penningsdorf die Einsatzgruppe um Freia über die Vorkommnisse der letzten Tage unterrichtet hatten, entschied sie, die Fahndung nach Monika von Oppermann einzuleiten. Auch die Tatsache, dass es in den letzten Monaten einen Anschlag und einen Unfall gegeben hatte, bestärkte die Hauptkommissarin in ihrer Auffassung, dass vom Schlimmsten ausgegangen werden muss.

Alle Verkehrsknotenpunkte in und um Hannover wurden rund um die Uhr kontrolliert. Alle Mietwagenfirmen wurden überprüft und das Foto von Monika wurde am nächsten Tag in allen niedersächsischen Zeitungen abgedruckt.

Hunderte von Hinweisen gingen in den nächsten Tagen im Landeskriminalamt ein. Unter allen Meldungen waren nur zwei ernst zu nehmende Hinweise, deren Spuren Freia und die Mitglieder der eigens eingerichteten „Soko Monika" nachgingen.

Im fraglichen Zeitraum war im westlichen Stadtteil Badenstedt ein Taxi als gestohlen gemeldet. Das war auf den ersten Blick nichts Außergewöhnliches. In der Region Hannover werden pro Tag bis zu  zehn Autodiebstähle zur Anzeige gebracht. Eigenartig war nur, dass das gestohlene Taxi einen Tag später einige Kilometer entfernt von dem Ort abgestellt wurde, an dem es geklaut worden war. Die Vermutung, es handelte sich um einen Diebstahl für eine

Spritztour, wurde von den Beamten verworfen, nachdem die Spurensicherung nur wenige Fingerabdrücke an den neuralgischen Punkten des Fahrzeuges festgestellt hatte. Ein blankgeputzter Wagen ist für einen einfachen Autodiebstahl ungewöhnlich. Im Allgemeinen werden geklaute Fahrzeuge so nur zurückgelassen, wenn mit ihnen eine Straftat verübt wurde.

Darüber hinaus war einem Kunden des „Penny Markt" an der Lenther Chaussee, am gleichen Tag beim Umpacken seiner Einkäufe aufgefallen, dass eine Taxe von der Lenther Chaussee, in einen Feldweg einbog und verschwand. Er hatte vermutet, dass der Fahrer dort eine Stelle zum Pinkeln suchte.

Die gleiche Beobachtung wurde von einem Spaziergänger, der auf dem besagten Feldweg seinen Hund Gassi führte, gemacht.

Ungewöhnlich war das Ganze deswegen, weil der Feldweg weder in ein Wohngebiet noch zu einem abgelegenen Haus führte. Der Spaziergänger erklärte den Beamten:

>>Ich dachte noch so, wo will der denn hin. Jetzt werden die Spaziergänger schon mit der Taxe in den Wald gefahren. Am Steuer habe ich einen Mann mittleren Alters und auf der Rückbank eine aufgedonnerte Blondine gesehen. Ich habe extra noch meinen Hund zur Seite genommen, damit die an mir vorbei fahren konnten.<<

Als er in der Zeitung das Foto von Monika von Oppermann sah und den Bericht über ihr Verschwinden las, meldete er sich sofort bei der Polizeistation Badenstedt auf der Badenstedter Straße. Die Beamten haben direkt das LKA informiert und ihn an Hauptkommissarin Freia Decker verwiesen.

Frei Decker veranlasste umgehend, dass das Waldstück und die Umgebung des Davenstedter Holz, abgesperrt und durchkämmt wurde. Hunderte von Beamten drehten jeden Stein um, stocherten in jedem Gebüsch und guckten hinter jeden Grashalm. Die Spurensicherung nahm Abdrücke von Reifen- und Fußspuren. Beamte mit Hunden unterstützten die Suchaktion mit mäßigem Erfolg.

Da das Davenstedter Holz täglich von vielen Spaziergängern mit Hunden frequentiert wird und dort seit Tagen Waldarbeiter ihrer Arbeit nachgingen, gab es keine brauchbaren Spuren mehr. Der Regen der letzten Tage tat sein Übriges.

Einige Reifenabdrücke waren trotz des Regens brauchbar und ließen Hoffnung aufkeimen. Die Brauchbarkeit der Fußspuren konnte bezweifelt werden da hier, alles von den vielen Spaziergängern zertrampelt war.

Im Labor stellten die Experten fest, dass eine der Reifenspuren eindeutig dem gestohlenen Taxi zugeordnet werden konnte.

Eine weitere Spur, die etwa 100 m von der Lichtung entfernt gefunden wurde, musste zu einem kleinen Lieferwagen gehören. Nach Abgleich mit möglichen

Herstellern, war klar, dass das zweite Fahrzeug ein VW Caddy gewesen sein musste.

In einem schnell einberufenen Meeting, trug Hauptkommissarin Decker den Mitgliedern der Soko die bisherigen Fakten vor:

>>Fassen wir zusammen, was wir haben,<<
sagte sie und ging vor einer Tafel auf und ab.

>>Da wäre das Taxi. Klar ist, es ist das Taxi, in das Frau von Oppermann in Gerden eingestiegen ist. Das war gegen 15:30 Uhr. Das Taxi wurde dann von unseren beiden Zeugen zwischen 16:00 Uhr und 17:00 Uhr auf der Lenther Chaussee beziehungsweise dem Feldweg gesehen,<<
erläuterte sie die Fakten.

>>Felix, sei so gut und frage bei unserem Zeuge vom Penny Markt mal nach der Uhrzeit auf seinem Kassenbon. Wir können dann die genaue Uhrzeit festlegen,<<
bat sie Felix Gündel und fuhr fort.

>>Im Auto saß ein Mann am Steuer und wir müssen annehmen, dass es sich bei der Person auf der Rückbank um Monika von Oppermann handelte. Klar ist aber auch, dass die Spusi bisher keine Spuren im Fahrzeug gefunden hat, die auf Frau von Oppermann hinweisen. Die wenigen Fingerabdrücke die wir am Taxi gefunden haben, gehören den beiden Fahrern und drei Personen, die wir bisher nicht im Computer haben. Wir können sie zur Zeit keinem zuordnen. Im Taxi haben wir unzählige Abdrücke genommen. Leider sind sie nur bedingt brauchbar.<<

>>Was ist mit den Reifenspuren des Caddy?<<
Wurde sie unterbrochen.

>>Wir könnten nach dem dazu gehörigen Wagen fahnden.<<

>>Hat Felix schon veranlasst. Wir müssten dann die Halter von etwa 1500 Caddy`s überprüfen. Erschwerend kommt noch hinzu, dass wir gar nicht wissen, ob der Wagen überhaupt in Hannover zugelassen ist. Selbst wenn wir die Karre finden, was schon unwahrscheinlich genug ist, wissen wir nicht, ob sie überhaupt mit der Sache in Verbindung gebracht werden kann,<<
erwiderte Freia den Zwischenruf.

>>Mir erscheinen im Moment die Fingerabdrücke am vielversprechendsten. Würde bitte einer von euch zur Villa nach Gehrden fahren und Fingerabdrucke aus dem Privatbereich von der Oppermann sicherstellen. Das Labor soll sie mit denen im Taxi vergleichen. Einen Durchsuchungsbeschluss werdet ihr nicht brauchen. Ich werde gleich Carolin von Oppermann anrufen, wenn wir hier fertig sind. OK?<<

>>Was ist mit den Fußspuren?<<
Fragte einer nach.

>>Ja, die Fußspuren wären die nächste gute Fährte, die uns weiterbringen könnte. Unterstellen wir mal, dass die Fußspuren, dass geklaute Taxi und die Reifenabdrücke mit dem Verschwinden der Oppermann in Verbindung stehen. Was sagt uns das?<<

>>Ich für mein Teil würde vermuten, dass Frau von Oppermann mit dem Taxi abgeholt und auf dem Weg zum Flughafen in das Waldstück gebracht wurde. Dort wartete etwa 100 m entfernt ein Lieferwagen,<<
kombinierte Felix Gündel und fuhr fort.

>>Was dafür spricht, ist die Tatsache, dass die Fußspuren vom Taxi zur Lichtung nur von einem Mann und einer Frau stammen. Die Spuren die vom Lieferwagen zur Lichtung führen, sind von einem Mann. Auf der Lichtung trafen sich die drei Spuren. Es wurde dann hin und her getrampelt und eine Spur führt zurück zu Taxi. Die Frau und der andere Mann gingen zum Caddy. Dort   enden beide Spuren. Zumindest hat es den Anschein. Die Waldarbeiter und der regen haben ja nicht viel übergelassen.<<
Freia ergänzte:

>>Es hat den Eindruck, als sei die Oppermann mit dem Taxi zum Waldstück gebracht worden und dann mit dem anderen Typen im Lieferwagen weggefahren.<<

>>Wenn das alles stimmt, tut sich die Frage auf, ob es sich überhaupt um eine Straftat handelt. Eine Entführung ist sicher am wahrscheinlichsten. Aber, warum haben sich die Entführer bisher nicht gemeldet? Warum gibt es keine Lösegeldforderung? Oder ist Monika von Oppermann untergetaucht. Wenn ja, warum? Fragen über Fragen und keine schlüssigen Antworten. Es ist zum Mäusemelken. Eigentlich haben wir gar nichts,<<
fluchte Freia.

Im Labor der KTU des LKA, machte sich eine Beamtin daran, die aus Monikas privatem Bereiche der Villa sichergestellten Fingerabdrücke, mit denen im Taxi zu vergleichen.

Freias Riecher hatte sich mal wieder als richtig herausgestellt. Einige Fingerabdrücke im Taxi waren identisch. Auch die Theorie über den Ablauf im Wald, stellte sich als schlüssig da. Die Mitglieder der „Soko Monika" waren dennoch unsicher. War es nun eine Entführung oder ist sie untergetaucht!? Wenn sie hätte untertauchen wollen, so fehlte hierfür ein Motiv und sie hätte sicher einen einfacheren Weg gesucht als die bisherigen Spuren aussagten.

Freia Decker hielt sich mit vorschnellen Schlussfolgerungen zurück. Sie veranlasste Nachforschungen im Umfeld von Monika, die eventuell Aufschlüsse über ein Untertauchen geben könnten. Zu diesem Zweck schaltete sie die Steuerfahndung und den Zoll ein. Aber auch diese Recherchen ergaben nichts. Es blieb rätselhaft.

Am nächsten Tag fand eine Pressekonferenz im Landeskriminalamt am Schützenplatz statt.

# 15

Einen Tag nach der Pressekonferenz, erhielt Holger eine
E – Mail:

*Lieber Holger!*
*Ich bin für einige Tage untergetaucht um mir über uns und*
*unsere Zukunft Gedanken zu machen. Meinen Termin in*
*Verona habe ich gekanzelt und bin derzeit für einige Tage in*
*der Schweiz. Vermutlich werde ich die nächste Zeit hier*
*bleiben. Ich habe einen anderen Mann kennengelernt und*
*meine Gefühle spielen Achterbahn. Ich glaube ich habe mich*
*verliebt und werde wohl mit ihm zusammen leben wollen. Sei*
*mir bitte nicht böse. Es war eine schöne Zeit mit dir! Es tut mir*
*leid!*
*Monika*

Holger war völlig konsterniert.

>>Was soll das den. Alle Welt sucht sie und sie amüsiert
sich in der Schweiz. Ich verstehe das alles nicht. Erst schreibt
sie mir eine SMS, sie sei gut in Verona angekommen. Dann
stellt sich heraus, dass sie gar nicht in Verona war. Jetzt ist
sie in der Schweiz mit einem anderen Kerl. Was soll das
alles? Warum tut sie mir das an?
Ich glaube, ich rufe besser die Hauptkommissarin Decker an.
Die wird aus allen Wolken fallen. Vielleicht sollte ich auch
Carolin informieren,<<

dachte er laut und musste sich die Tränen verkneifen.

Vor Wut warf er das Telefon gegen die Wand und trat gegen die in seiner Nähe stehende Bodenvase. Dann lies er sich in den Sessel fallen.

>>Was ist los Herr Dr., kann ich helfen?<<
Fragte Pam die den Krach gehört hatte und herangeeilt kam.

>>Nein, lass mich allein!<<

Holger ging in sein Arbeitszimmer schloss hinter sich ab und Pam räumte die Scherben weg.

Nach etwa zwei Stunden klopfte Pam an die Tür des Arbeitszimmers.

>>Dr. Kluge, darf ich ihnen einen Kaffee bringen?<<

>>Nein verdammt, ich habe gesagt, du sollst mich in Frieden lassen!<<
Schnauzte er sie durch die Tür an.
Pam ging kopfschüttelnd zurück in die Küche. So hatte sie ihn noch nie erlebt.

Sie bereitete weiter die Zutaten für das Abendessen vor als plötzlich ein lauter Knall aus dem Arbeitszimmer ertönte. Ein Knall, der Pam das Blut in den Adern gefrieren ließ. Sie zuckte zusammen und schnitt sich mit dem Gemüsemesser in die Finger. Sie lutschte das Blut ab, wickelte sich ein Haushaltstuch um die Wunde, ließ alles liegen und stehen, rannte zum Arbeitszimmer und schlug mit der Faust gegen die Tür.

>>Dr. Kluge! Dr. Kluge! Antworten sie doch. Was ist passiert? Öffnen sie doch bitte! Ich flehe sie an!<<
Nichts rührte sich. Wieder schlug Pam gegen die Tür.

>>Dr. Kluge, so öffnen sie doch! Ich flehe sie an, öffnen sie!<<

Rief sie verzweifelt.

Sie ruckelte an der Türklinke, die Tür war noch immer verschlossen. Sie wusste sich keinen Rat.

>>Die Polizei, ich muss die Polizei rufen,<<

dachte sie und lief zum Telefon.

Das Telefon lag in Einzelteilen auf dem Fußboden.

>>Das Handy, hoffentlich liegt hier irgendwo das Handy.<<

Auf der Diele wurde sie fündig und rief die 110. Zufällig war Kommissar Pennigsdorf am Apparat. Sie schilderte mit zitteriger Stimme die Situation, legte auf und lief wieder zum Arbeitszimmer.

Nach nur 10 Minuten stürmten Brix und Pennigsdorf, begleitet von einem Notarzt das Haus. Pam winkte sie ohne ein Wort zu sagen gleich weiter zum Arbeitszimmer. Brix hämmerte an die Tür, nichts rührte sich. Mit einem Anlauf sprang Pennigsdorf gegen die Tür, die mit einem splitternden Geräusch nachgab. Das Türblatt schlug gegen die Wand.

Pam die sich etwas im Hintergrund hielt schrie auf. Den Beamten bot sich ein schreckliches Bild. Brix nahm Pam sofort zur Seite, hielt ihr die Augen zu und übergab sie einem Sanitäter.

Holger hatte sich mit seinem Jagdgewehr in den Mund geschossen. Durch die Wucht des Schusses war er mit samt dem Stuhl, auf dem er saß, nach hinten gestürzt und lehnte an der blutverschmierten Wand. Sein Kopf war geplatzt wie eine reife Melone. Überall war Blut. An den Wänden, auf dem Schreibtisch und auf dem Teppich. Auf dem Schreibtisch lag ein mit Blut verschmierter, handgeschriebener Brief.

*Verzeiht mir! Alle die mich je geliebt haben mögen mir verzeihen. Ich bin so verzweifelt, mein Schmerz ist so groß, dass ich nicht mehr weiter leben will.*
*Heute habe ich eine E-Mail von Monika aus der Schweiz erhalten. Sie will mich für einen anderen Mann verlassen.*
*Warum tut sie mir das an? Ich liebe sie so sehr wie ich noch nie einen anderen Menschen zuvor geliebt habe.*
*Bitte verzeiht mir! Ich kann so nicht weiterleben.*

*Holger*

Brix und Penningsdorf handelten schnell. Pam wurde vom Notarzt behandelt. Sie hatte einen Schock erlitten.

Brix rief Hauptkommissarin Freia Decker beim LKA an und schilderte mit knappen Worten den Vorfall.

Nach nicht einmal 15 Minuten rasten Freia und Felix mit quietschenden Reifen in die Hindenburg Straße. Der Bereich um das Haus Nr. 70 war bereits weiträumig abgesperrt. Sie stürmten mit großen Schritten die Treppe hinauf und standen schließlich in der Tür des Arbeitszimmers. Die Spusi traf nur kurz nach den Beiden ein und lud die Alu–Koffer aus. Sie begann sogleich mit der Absperrung des Arbeitszimmers.

>>Darf ich sie bitten, uns unsere Arbeit machen zu lassen,<<

rief der Leiter der Spurensicherung und verscheuchte Freia und die anderen umher stehenden Personen.

Nachdem die Spusi alle notwendigen Arbeiten erledigt hatten, begutachteten Freia und Felix den Ort des Geschehens.

Der Leichnam von Holger wurde von zwei Bestattern abtransportiert und in die Gerichtsmedizin geschafft. Freier beauftragte Felix noch mit allen weiteren Schritten.

>>Morgen früh möchte ich die vollständigen Berichte der Gerichtsmedizin, der Spusi und deinen auf meinem Schreibtisch sehen. Ich werde für Mittag eine Sitzung der Soko einberufen. Felix, sei so gut und sorge dafür, dass ausnahmslos alle anwesend sind. Mir ist auch egal ob einer seinen freien Tag hat. Alle, hab ich gesagt und ich meine auch alle.<<

Freia betrat den Sitzungsraum im LKA. Die Mitglieder der Soko waren schon vollzählig anwesend. Sie legte ihre Mappe mit den Berichten vor sich auf den Tisch.

>>Guten Tag! Zunächst bitte ich um Verständnis, dass ich einigen den freien Tag versaut habe. Der Fall Monika von Oppermann hat jedoch eine plötzliche Wende genommen. Dr. Holger Kluge, ihr Freund, hat sich gestern um 13:20 Uhr das Leben genommen. Nach dem Erhalt einer E- Mail hat er sich mit seinem Jagdgewehr in den Kopf geschossen. Näheres können sie den Berichten entnehmen,<<

sagte Freia und deutete auf ihre Mappe.

>>Ich möchte Kommissar Gündel nun bitten sie über alles Weitere ins Bild zu setzen.<<

Felix Gündel erläuterte allen anderen die bekannten Fakten des gestrigen Tages und schloss seinen Bericht mit den Worten:

>>Da wir jetzt davon ausgehen, dass Monika von Oppermann lebt und in der Schweiz weilt, wurde von der Staatsanwaltschaft zunächst die Fahndung eingestellt. Die Soko bleibt bis auf weiteres bestehen, jedoch nur auf Abruf. Sie werden gebeten, ab morgen wieder in ihrem angestammten Bereichen den Dienst aufzunehmen. Ich möchte mich auch im Namen von Hauptkommissarin Decker für die sehr gute Zusammenarbeit bei ihnen bedanken und wünsche eine gute Zeit.<<

# 16

In der Agentur „Fair Jobben" läutete das Telefon. Ben meldete sich mit Jörg Hansen. Jasmin Lichtenstein stellte zu Carolin durch.

>>Hallo Ben, hast du schon gehört?<<

>>Deshalb rufe ich an,<<

schrie er in den Hörer.

Carolin war sichtlich erschrocken und hielt den Hörer weit weg vom Ohr.

>>Ich hatte dich gewarnt, wenn du uns verarschen willst, lernst du uns kennen.<<

>>Was meinst du?<<

>>Tu nicht so scheinheilig. Du hast doch das Ding mit dem Abschiedsbrief gedreht. In der Zeitung steht heute, dass der Freund deiner Mutter sich erschossen hat. Er soll einen Abschiedsbrief geschrieben haben aus dem hervorgehen soll, dass Monika mit ihm Schuss gemacht hat. Angeblich sei Monika in der Schweiz. Was für ein Scheiß!<<

Brüllte er wütend.

>>Wir haben deine werte Mutter in die ewigen Jagdgründe geschickt. Alles andere ist verdammte Affenscheiße!<<

>>Das kann nicht sein. Holger hat kurz vor seinem Selbstmord eine E-Mail von Monika aus der Schweiz erhalten. Das hat die Polizei eindeutig festgestellt. In dem Abschiedsbrief soll gleiches gestanden haben, jeden falls sagt

das die Hauptkommissarin vom Landeskriminalamt.

>>Hör auf mit der Scheiße! Wir haben sie erledigt, soviel ist klar. Was sonst noch gelaufen ist, was du da sonst noch gedreht hast, ist mir scheiß egal. Sieh zu, dass das mit dem Moneten wie verabredet über die Bühne geht sonst knallt es. Wir werden langsam ungeduldig. Wäre schade um dein hübsches Gesicht,<<

drohte Ben lautstark.

>>Halt, halt! Ich habe nichts gedreht. Ich schwöre, dass ich mich wie verabredet aus allem herausgehalten habe. Ich weiß nur, dass sich Holger ein Loch in den Kopf geschossen hat, weil Monika aus der Schweiz mit ihm Schluss gemacht haben soll.<<

>>Nochmal ganz langsam, damit du es begreifst. Monika ist kalt wie ein Fisch und liegt einen Meter unter der Erde. An ihr nagen schon die Würmer. Tote pflegen nicht aus der Schweiz ihren Lovern E-Mails zu schicken. Hat das jetzt dein entzückendes Köpfchen begriffen? Wer auch immer sich aus der Schweiz gemeldet hat, deine Mutter war es jedenfalls nicht!<<

Brüllte er weiter in den Hörer, so dass es Carolin im Kopf dröhnte.

Ben legte auf, noch ehe sie ein weiteres Wort sagen konnte.

Carolin begriff nicht, was los war. Sie zitterte am ganzen Körper. In ihrem Kopf drehte sich alles als Jasmin klopfte und eintrat, um eine Unterschriftenmappe herein zu

163

bringen.

>>Was ist denn los, sie sehen ja furchtbar aus. Sie sind ja ganz blass. Ich hole ihnen schnell ein Glas Wasser.<<

>>Ja, danke! Ich habe Kopfschmerzen, mir geht es nicht gut. Bitte sag doch alle Termine für heute ab. Ich werde nach Hause fahren.<<

Auf dem Nachhauseweg gingen Carolin immer und immer wieder die Drohungen von Ben durch den Kopf. Sie verstand es einfach nicht.

Die Hauptkommissarin hatte doch gesagt, dass auch die Überprüfung des Mailabsenders bestätigt hat, dass Holger vor seinem Tod, die Mail aus der Schweiz erhalten hat. Um genau zu sein, soll sie aus einem Internetcafe in Zürich gesendet worden sein.

# 17

In der Kapelle des Seelhorster Friedhof drängelten sich zahllose Trauergäste. Anwaltskollegen, Verwandte und Freunde von Dr. Holger Kluge. Sie alle waren gekommen, um ihrem Freund die letzte Ehre zu erweisen. Holger war sehr beliebt und geschätzt.

Der Sarg stand einsam zwischen Kerzenständern und einem riesigen Meer aus weißen Blumengestecken und Kränzen. Weiße Blumen waren ihm zu Lebzeiten immer die Liebsten. Am Fußende des Sarges stand auf einer Staffelei ein Bild von Holger mit einem Trauerflor.

Die gedämpfte Stimmung hatte etwas Beklemmendes und dennoch war es irgendwie feierlich.

In der ersten Reihe hatten die engsten Familienmitglieder Platz genommen. Weiter hinten saßen die Freunde und Anwaltskollegen in den letzten Reihen nahmen die übrigen Trauergäste Platz.

Carolin war in die letzte Reihe gerutscht und damit beschäftigt, Pam zu beruhigen, die immer wieder in Weinkrämpfe verfiel. Man konnte den Eindruck gewinnen, dass sie die einzige war, die wirklich trauerte. Alle anderen Trauergäste hatten einen bedrückten aber gefassten Gesichtsausdruck oder vergruben ihr Gesicht in Taschentüchern.

Gerade als die Orgel ihre ersten Töne erklingen ließ, betrat eine schlanke Männergestalt die Kapelle. In dem gedämpften Licht konnte Carolin nur erkennen, dass der Mann wegen der Kälte einen langen, schwarzen Mantel mit hochgeschlagenem Kragen trug. Sein Kopf und sein Gesicht waren unter einem breitkrempigen Hut versteckt. Der Auftritt erinnerte ein wenig an alte Mafiafilme.

Als er den Hut abnahm erschrak Carolin und erstarrte zu einer Salzsäule. Es war Paul, ihr Paul! Er war zurückgekehrt. Ausgerechnet an einem Tag wie diesen.

Paul setzte sich wortlos auf den freien Platz neben Carolin und Pam, die noch immer schluchzte. Er gab Carolin einen zärtlichen Kuss auf die Wange, hielt den Zeigefinger senkrecht vor seine Lippen und sagte nichts.

Nach Abschluss der Trauerfeier begab sich die Trauergemeinde auf den Weg zum Grab. Sie folgten dem Sarg in gleicher Reihenfolge wie zuvor die Sitzordnung in der Kapelle. Vor der Kapelle baute sich Carolin vor Paul auf.

>>Du verdammter Schuft!<<
Sagte sie ihm mit glasigen Augen ins Gesicht.

>>Warum hast du dich damals so davon gestohlen?<<

>>Was hätte ich deiner Meinung nach tun sollen? Du hast mich doch zurückgewiesen. Ich war verzweifelt und wusste nicht ein noch aus.<<

Die Trauernden waren bereits weit entfernt. Carolin und Paul standen noch immer am Eingang der Kapelle.

>>Ich schlage dir vor, dass wir in Ruhe beim Essen reden,<<
meinte Paul vor.

Sie gingen zum Ausgang des Friedhofes. Paul war mit einem Taxi gekommen und so stiegen sie gemeinsam in Carolins SL und fuhren Richtung Innenstadt von Hannover.

Reimanns Eck, ihr altes Lieblingsrestaurant auf der Lister Meile, hatte in den Jahren nichts von seinem Charme verloren. Viele schöne Stunden hatten sie hier einst verbracht. Ach, was hatten sie hier geturtelt. Es gab wohl kaum ein Paar, das damals glücklicher war als die Beiden. So dachte zumindest Carolin als sie vor dem Eingang standen.

Paul hatte sich dieses Restaurant nicht ohne Hintergedanken ausgesucht. Zum einen kannte er sich nicht mehr so gut aus und zum anderen war er fest entschlossen, Carolin erneut für sich zu gewinnen.

>>Warum schleppst du mich gerade hier her?<<

Fragte sie schmunzelnd und kannte die Antwort bereits.

>>Ich war der Meinung, du bist doch immer gern hier her gekommen,<<

stotterte er ein wenig.

>>Aber wenn du lieber.....<<

>>Nein, nein! Schon gut, ich dachte nur.......<<

>>An was dachtest du nur? Raus mit der Sprache.<<

>>Nichts, an gar nichts!<<

Beide blieben für Bruchteile einer Sekunde im Eingang stehen und sagten nichts. Es hatte den Eindruck, als flogen, ihre Gedanken in die Vergangenheit, als dachten sie an alte Zeiten, an ihr gemeinsames Glück.

Sie traten ein und sahen sich suchend um. Ihre Blicke trafen sich und ihre Köpfe bewegten sich zögerlich aufeinander zu, so als wussten beide nicht, wer den Anfang machen sollte. Schließlich fielen sie sich in die Arme und küssten sich. Immer und immer wieder trafen sich ihre Lippen. Die Leidenschaft wuchs. Carolin war dem Schwindel nah als Paul von ihr ließ.

>>Ich liebe dich, ich bin glücklich wieder bei dir zu sein. Bitte verzeih mir.<<

>>Ich bin auch glücklich, ich liebe dich noch immer. Ich habe dich immer geliebt. Warum war ich nur so dumm und habe dich gehen lassen?<<

Paul legte seinen Zeigefinger über ihre Lippen.

>>Psst, sag jetzt nichts!<<

Bevor die heran nahende Bedienung ihnen einen Tisch anbieten konnte, entschlossen sich beide spontan wieder zu gehen.

>>Komm lass uns fahren, sicher hat Luisa noch etwas Gutes für uns im Kühlschrank.<<


Im Wagen erzählte Carolin ihrem Paul, alles was in den letzten Jahren und Monaten passiert war.

Der Anschlag auf Monika, dann der Unfall und das mysteriöse Verschwinden ihrer Mutter. Schließlich dann noch der grauenvolle Selbstmord von Holger Kluge. Paul hatte Holger nie kennengelernt.

>>Ich erzähle und erzähle, sag warum bist du nach so langer Zeit wieder zurückgekommen und dann an einem so

traurigen Tag. Und sag nicht, wegen mir!<<
Fragte sie Paul.

Sie bogen auf die Bundesstraße stadtauswärts ein. Carolin hatte das Gefühl als würden sie von einem Wagen verfolgt. Schon auf dem Friedhof fühlte sie sich irgendwie beobachtet.

Sie gab mehr Gas, sagte Paul aber nichts von ihrer Vermutung. Für den Fall, dass sie sich die Verfolgung nur einbildete, wollte sie sich nicht gleich am ersten Tage ihres Wiedersehens, lächerlich machen.

>>Ich hatte in München einen guten Job bei einem Immobilienmakler,<<
begann Paul zu erzählen.

>>Nach knapp einem Jahr verspekulierte sich der gute Mann an der Börse und der Laden ging in die Insolvenz. Mit den Erfahrungen und den Kontakten die ich gesammelt hatte, wagte ich mich in die Selbstständigkeit. Die erste Zeit war sehr hart. Aber die viele Arbeit hatte auch etwas Gutes. Ich konnte meine Gedanken an dich ein wenig verdrängen.<<

>>Ist das wahr, hast du immer noch an mich gedacht?<<

>>Ja, ich war krank vor Kummer. Es tut mir so leid, was ich dir damals in der Silvesternacht angetan habe.<<
Carolin ging auf diesen Punkt nicht weiter ein und fragte:

>>Was hast du noch so erlebt?<<

Sie fuhren noch immer auf der B 65. Carolin war der Meinung, dass sie der Wagen noch immer verfolgte. Sie fuhr an der nächsten Kreuzung von der Bundesstraße und nahm die Auffahrt der nächst besten Tankstelle.

>>Was ist, warum halten wir hier?<<

>>Ich will nur kurz tanken.<<

>>Aber der Tank ist doch noch gut halb voll.<<
zeigte er auf der Tankuhr.

Carolin war schon ausgestiegen und hörte die letzten Worte von Paul nicht mehr. Sie zitterte am ganzen Körper und wusste nicht ob aus Angst oder wegen der Kälte.

>>Alles Quatsch,<<
dachte sie.

>>Das bilde ich mir sicher alles nur ein.<<

Sie nahm den Zapfhahn aus dem Tankstutzen, steckte ihn wieder in die Arretierung der Zapfsäule, schloss den Tankdeckel und ging zur Kasse. Sie nahm noch eine Zeitschrift aus der Auslage, zahlte und ging zum Wagen zurück. Als sie einstieg wiederholte Paul seine Worte:

>>Warum hast du getankt? Der Tank war doch noch mehr als halb voll. Damit wären wir dicke dreimal nach Gehrden und zurück gekommen.<<

>>Ja, du hast recht, aber dann brauche ich die nächsten Tage nicht zu Tanken,<<
war ihre wenig überzeugende Erklärung.

Paul gab sich zufrieden und bohrte nicht mehr weiter. Der Wagen nahm wieder Fahrt auf und fuhr erneut auf die B 65. Paul setzte seine Erzählung über die letzten Jahre in München, fort.

Nach etwa 10 Minuten Fahrt zuckte Carolin zusammen. Der alte Caddy, der sie bereits vor dem Tanken verfolgte, war wieder dicht hinter ihnen.

>>Was ist?<<

Fragte Paul, der bemerkt hatte, dass sie zusammengezuckt war und ständig in den Rückspiegel sah. Es half nichts, jetzt musste sie ihre Vermutung, auch auf die Gefahr hin, dass sie sich lächerlich machte, offenbaren.

>>Seit wir auf der Bundesstraße sind, werden wir verfolgt.<<

Paul drehte sich um, sah durch das Heckfenster  und erblickte den Wagen.

>>Meinst du die alte Gurke direkt hinter uns? Darum bist du zur Tankstelle gefahren. Ich glaube du bildest dir das nur........<<

Er konnte seinen Satz nicht mehr zu Ende bringen. Ein alter Caddy war mit einem Affenzahn neben ihrem wagen aufgetaucht und begann sie von der Fahrbahn zu drängen. Carolin gab Vollgas. Der Caddy hielt gegen und versetzte ihnen einen vollen Stoß gegen die Fahrertür. Carolin schrie, Paul griff ihr ins Lenkrad, um den Wagen in der Spur zu halten. Es ging alles ganz schnell. Carolin erkannte den Fahrer, der sie attackierte. Es war Ben. Ihr gefror das Blut in ihren Adern. Der Wagen kam von der Straße ab und rutschte von der feuchten und vom vermoderten Laub verschmierten Fahrbahn auf einen Acker. Etwa 50 m vom Seitenstreifen kamen sie zum Stehen. Nur um wenige Meter hatten sie einen Baum verfehlt.

Den Beiden war nichts Ernsthaftes passiert. Glück im Unglück. Paul hatte eine dicke Beule an der Stirn, mit der er gegen den Dachholm gestoßen war. Carolin war mit dem

Schrecken und einer verstauchten Hand davon gekommen.

Die linke Seite vom SL war völlig zerbeult, die Chromleisten waren nur noch an wenigen Stellen mit der Karosserie verbunden und der linke Scheinwerfer lag einige hundert Meter zurück auf der B 65. Carolin versuchte die Tür zu öffnen, vergeben. Alles war verklemmt und auch das Fenster bewegte sich keinen Zentimeter.

>>So ein verfluchtes Arschloch!<<

Fluchte Paul

>>Der hätte uns beinahe umgebracht. Konntest du die Nummer erkennen?<<

>>Nein!<<

Sagte Carolin und log nicht einmal.

Die Nummer hatte sie in der Tat nicht erkannt. Sie wusste nur, dass Ben mit seiner Drohung ernst machte. Diese Tatsache versetzte ihr einen inneren Dolchstoß. Was um alles in der Welt hatte sie geritten, sich mit diesem Abschaum abzugeben.

Paul nahm sein Handy und wählte die 110.


Stunden später trafen sie mit einem Taxi in der Großen Bergstraße ein.

>>Herr Masche, sie hier? Herzlich willkommen. Das ist ja eine Überraschung. Wie geht es ihnen. Ich dachte sie sind in Süddeutschland,<<

begrüßte Tanja den Gast und entdeckte seine Beule an der Stirn.

>>Was haben sie gemacht Carolin? Warum ist ihre Hand verbunden und warum kommen sie mit der Taxe?<<
Fragte sie.

>>Es ist schon spät, ich habe mir Sorgen gemacht. So lange konnte die Trauerfeier doch nicht dauern.<<

>>Das ist lieb von dir. Ich habe Paul auf der Beerdigung getroffen. Dann hatten wir auf dem Heimweg noch einen Unfall.<<

>>Einen Unfall!?<<
Erschrak sie.

>>Nicht schon wieder ein Unglück in diesem Haus. Geht es ihnen gut?<<

>>Ja, ja! Unkraut vergeht nicht.<<
antwortete Carolin mit gespielt coolem Ton. In Wahrheit zitterten noch immer ihre Knie und der Gedanke an Bens Drohungen versetzte sie in Panik.

>>Mal was ganz Anderes Paul. Woher wusstest du eigentlich von der Trauerfeier, von Holger und das ich dort bin. Du kanntest Holger doch gar nicht?<<
Drehte sie sich zu Paul um.

>>Deine Sekretärin, Jasmin Lichtenstein war so liebenswert und hat es mir am Telefon verraten.<<

>>Wo bist du überhaupt untergekommen?<<

>>Im Intercity Hotel in Hannover, du weißt schon, da beim Kaufhof.<<

>>Ok, ich werde Erich bitten, dass er für dich auscheckt und deine Sachen holt. Wenn du willst, wohnst du natürlich bei uns. Tanja sei doch so gut und frage Luisa ob sie uns noch

was zum Essen macht und bestelle bitte Erich, dass er zum Intercity Hotel fahren möchte um Pauls Sachen zu holen. Ich stelle mich mal kurz unter die Dusche,<<
sagte sie ohne Luft zu holen, drehte sich um und war verschwunden.

Carolin genoss den Sprühstrahl der Dusche auf ihrem Körper. Die Nadelstiche des Wassers, ließen ihre Haut prickeln. Sie bog sich nach hinten, so dass der Duschstrahl ihre Brüste massierte und die Warzen erstarren ließen. Sie stellte sich vor, dass Paul sie gerade liebkost.

Tanja stand noch einen Moment bei Paul.

>>So habe ich sie schon lange nicht erlebt, sie wirkt völlig aufgedreht. Ich glaube sie freut sich mächtig über ihren Besuch.<<

>>Das will ich hoffen!<<
Tanja reichte Paul einen fünf Sterne „Metaxa".

>>Diesen griechischen Brandy mochten sie doch immer besonders gern.<<

>>Das du das noch weißt! Ich fühle mich schon wieder wie....<<
er brach seinen Satz ab.

>>Wie zu Hause.<<
Ergänzte Tanja mit einem Lächeln auf ihrem Gesicht und verschwand.

Paul ließ sich in einen Sessel in der Bibliothek fallen und genoss seinen Brandy.

>>Was für ein Tag,<<

dachte er.

>>Erst verläuft das Treffen mit Carolin so unerwartet schön und dann kommt so ein Arschloch daher und schießt uns von der Straße. Hoffentlich erwischen sie diesen Idioten und sperren ihn für lange Zeit weg.<<

Paul war so in seine Gedanken vertieft, dass er völlig die Zeit vergaß. Erich war schon wieder zurück aus Hannover, hatte die Koffer von Paul in die Halle gestellt und informierte Paul, der von seinen Worten aufgerüttelt wurde.

Paul bedankte sich, stand auf, ging von der Bibliothek in die Halle, die Treppe hinauf und betrat das Zimmer von Carolin. Sie erschrak ein wenig, fasste sich aber schnell als sie erkannte, dass es Paul war.

Sie stand vor dem großen Spiegel, nackt wie Gott sie schuf und rubbelte sich ihre nassen Haare trocken. Als Paul näher trat, wickelte sie ihr Handtuch um den Körper. Er sah auf ihre Brüste, die unter dem Tuch zu erahnen waren. Sie schienen noch immer so fest und wohlgeformt, wie er sie in seiner Erinnerung hatte.

>>Hast du mich erschreckt. Komm zu mir, ich will dir einen Kuss geben.<<

Paul ließ sich nicht zweimal bitten, ging auf sie zu und presste sie fest an sich.

Carolin durchfuhr ein Kribbeln wie ein leichter Stromschlag. Sie küsste Paul mit all ihrer Leidenschaft als schienen die Jahre vergessen. Er streifte sein Jackett ab und ließ es auf den Boden fallen. Dann öffnete sie die Krawatte, knöpfte sein Hemd auf und streichelte seine behaarte Brust.

Ihr Mund suchte den seinen. Bereitwillig öffnete er seine Lippen und erwiderte ihr Zungenspiel. Paul ließ seine Lippen über Hals und Schulter gleiten. Er öffnete die Verknotung ihres Handtuches, wickelte ihren Körper frei und nahm ihre festen Pobacken in seine Hände. Carolin wich zurück.

>>Ich bin nicht sicher ob das richtig ist. Ich bin so verwirrt. Wir sollten das nicht tun,<<
sagte sie Paul.

Paul ließ sich nicht verunsichern und drückte sie erneut an sich.

Carolin seufzte auf und öffnete mit gekonntem Griff seinen Gürtel. Dann fuhr sie mit ihrer Hand in seine Hose und fühlte die ganze Fülle seiner Männlichkeit. Paul stöhnte auf, sein Griff löste sich von ihrem Po, die linke Hand fuhr in ihren Schoss und seine Finger spielten an ihrer empfindlichsten Stelle. Ihre Scham war feucht und bereit für mehr.

Paul hob Carolin in die Höhe und trug sie zum Bett. Während sie sich küssten, streifte er sich seine restlichen Klamotten vom Leib. Mit Küssen liebkoste er ihren ganzen Körper. Er streichelte ihren festen, flachen Bauch, ihre Lenden und den göttlichen Po. Sie genoss seine Berührungen aus vollen Zügen. Mit der Zunge spielte er an ihren Brüsten, die sich unter seinen Berührungen aufrichteten. Er streichelte immer und immer wieder ihren Körper, fuhr zwischen ihren Brüsten entlang bis zu ihrem Bauchnabel. Ihre festen Brüste hoben und senkten sich unter ihrer schwerer werdenden Atmung. Schließlich spielte er mit seiner Zunge in ihrem feuchtwarmen Schoss. Carolin stöhnte laut auf als er mit kreisender Bewegung ihre empfindlichste Stelle bespielte.

Sie wand sich unter seinem Spiel. Ihre Bewegungen nahmen an Heftigkeit zu. Sie griff seinen Kopf und presste in fest in ihren Schoss. Paul ließ nicht nach, sie stöhnte laut und kam ein erstes Mal.

Ihr Stöhnen aus einer Mischung aus Lust und Anstrengung, erregte ihn heftig.

Er suchte erneut ihre Lippen, presste ihren Körper fest an sich und küsste erneut ihre Brüste. Mit einem lustvollen Stöhnen drang er in sie ein. Die Bewegungen ihrer Körper nahmen von Stoß zu Stoß an Heftigkeit zu. Sie glänzten vom Schweiß ihrer Anstrengungen. Die Wellen der Begierde nahmen unaufhörlich zu und ihre Körper waren zum Zerbersten gespannt. Sie wand sich voller Lust in seinen Armen, bis er sich schließlich in ihr ergoss.

Eine Weile blieben sie so eng umschlungen liegen.

>>Ich liebe dich, bitte verlass mich nie wieder. Ich will mit dir leben,<<

flüsterte sie ihm ins Ohr.

>>Ich liebe dich auch,<<

sagte er, küsste sie und streichelte sie noch eine ganze Weile, bis er aus ihren Armen schlüpfte und im Bad verschwand.


Als er unter der Dusche stand bemerkte er nicht, wie Carolin leise ins Bad kam. Sie öffnete vorsichtig die Duschkabine und stieg zu Paul, griff im von hinten an sein bestes Stück, dass sich in ihrer Hand erneut aufrichtete. Mit dem Schaum der Duschlotion massierten sie sich gegenseitig. Carolin kniete sich vor ihn, nahm sein Glied und verwöhnte ihn mit ihren Lippen bis er erneut explodierte.

Bis zum Abend verwöhnten sie sich noch einige Male, als wollten sie die vergangenen Jahre nachholen. Völlig entkräftet, aber entspannt und glücklich, schliefen beide eng umschlungen ein.

Luisa wartete vergebens mit ihrer Lasagne und einem guten Rotwein auf die beiden.

# 18

Es war ein erstaunlich milder Spätherbsttag, die Bäume trugen schon lange keine Blätter mehr und die ersten frostigen Tage waren vergessen. Durch die Milde, fühlten sich die Vögel zum frühlingshaften Gesang animiert. Die Fenster des einsam gelegenen Hauses spiegelten in der tiefstehenden Sonne. Am Himmel war eine Formation Kraniche auszumachen, die sich auf den Weg gen Afrika machten.

Auch im Züricher Umland war der Winter nicht mehr weit. Die Restaurants und Pensionen bereiteten sich auf den Ansturm der Weihnachtsgäste vor. In den höher gelegenen Wintersportgebieten lag schon vereinzelt etwas Schnee.

In Zürich lag eine Stimmung in der Luft die erahnen ließ, dass die Stadt sich langsam von ihren Sommergästen verabschiedete und das große Warten auf die Wintertouristen begann.

Das kleine Landhaus lag in einer malerischen Umgebung am unteren Teil einer Bergwiese. Die Rinder, die sonst hier grasen, waren vor einiger Zeit in die Winterquartiere gebracht worden. Das satte Grün der Wiesen war einem herbstlichen Braun gewichen. Die Verwandlung der Landschaft hatte etwas von Abschied.

Am Rande von Zürich klingelte das Telefon.

>>Hallo, wer ist dran?<<

>>Hi, ich bin es.<<

>>Bist du total irre! Du sollst hier nicht anrufen, die Polizei könnte dein Telefon abhören.<<

>>Schon gut, hier ist alles in Butter. Die Staatsanwaltschaft und die Soko des Landeskriminalamtes, haben alle Untersuchungen beendet. Für das LKA ist die Sache erledigt. Monika lebt und ist derzeit in Zürich. Du hast deine Sache super gemacht.<<

>>Was heiß genau, alles in Butter?<<

>>Wenn du das nicht weißt, wer dann!? Aber Spaß beiseite. Monika ist tot. Die LKA Beamten sind eben nicht gründlich genug und glauben tatsächlich, dass sie in der Schweiz ist. Es ist wie ich sage. Die Sache ist bisher wie geplant gelaufen. Für alle hier, ist Monika seit Wochen untergetaucht. Die Typen, du weißt schon, behaupten fest und steif, Monika beseitigt zu haben. Sie hätten sie erledigt und so entsorgt, dass sie nie wieder auftaucht.<<

>>Woher willst du das Wissen?<<

>>Das hat mir ein Vögelchen aus der Agentur "Fair Jobben" geflüstert. Du weißt schon meine kleine Affäre aus dem Vorzimmer.<<

>>Wenn das stimmt, wäre das ja super!<<

>>Also, hör gut zu. Ich werde hier alles wie verabredet zu Ende bringen und die Typen im Auge behalten. Wir müssen noch geduldig sein. Ich melde mich, wenn du zurückkommen kannst. Zur Tarnung solltest du dich noch einmal mit Monikas Büro in Verbindung setzen. Ach noch was, Paul ist

wieder aufgetaucht. Kennst du Paul hi, hi, hi? Also bis bald. Ich liebe dich.<<

>>Ich dich auch Paul! Pass auf dich auf und treib es nicht zu wild. Du weißt ich bin sehr eifersüchtig.<<

# 19

>>Hallo Schatz! Was wollen wir heute unternehmen?<< rief Paul aus dem Bad.

>>Keine Ahnung, vielleicht sollte ich dir meine Agentur in der Calenberger Esplanade zeigen. Du kennst das alles ja noch nicht. Oder hast du Lust auf einen Einkaufsbummel? Ich hätte Lust mir ein schönes Winterkostüm zu kaufen. Jetzt wo es immer kälter wird, wäre es eine gute Gelegenheit. Was meinst du?<<

>>Gute Idee, aber wenn ich ehrlich bin, fällt es mir schwer zu glauben, dass dir noch etwas für den Winter fehlt. Wenn ich mir dein Ankleidezimmer ansehe frage ich mich, wo rann es dir noch fehlen könnte.<<

>>Wo warst du überhaupt schon so früh am Morgen?<< fragte sie Paul.

>>Ich, ich war ein wenig im Wald und habe an den schönen Abend gedacht. Aber mal ehrlich, ich konnte nicht schlafen. Das geht mir aber in der ersten Nacht in fremden Betten immer so.<<

>>Sei nicht so frech. Von wegen fremde Betten.<<

>>Ok, lass uns eine Shoppingtour machen, dann gehen wir einen Happen essen und dann zeigst du mir die neuen Räume deiner Agentur.<<

>>Gleich das ganze Programm!? Ich stelle fest, du bist voller Tatendrang.<<

Carolin nahm Paul, der aus dem Bad auf sie zu kam, fest in

ihre Arme. Sie gab ihm einen dicken Kuss und streichelte ihm durch sein Haar.

>>Meinen Tatendrang, hast du hoffentlich gestern Abend gespürt.<<
lachte er sie an.

>>Hast du was dagegen, wenn ich eine Runde jogge?<<

>>Du joggst? Früher warst du doch eher unsportlich.<<

>>Ich werde schließlich nicht jünger und muss etwas für meine Figur tun.<<

>>OK! Dreh du nur deine runden, ich lass uns in der Zwischenzeit was Schönes zum Frühstück machen.<<

Paul schwang sich in seine Joggingklamotten, gab ihr noch einen Kuss und verließ, mit einem fröhlichen „guten Morgen" für die Hausangestellten, die Villa.
Sein Weg führte ihn Richtung Ortsmitte. Mit suchendem Blick hielt er Ausschau nach einem Münzfernsprecher. Wenige hundert Meter entfernt wurde er fündig.

Paul nahm einige Geldstücke, wählte und wartete.

>>Wer ist dort?<<

>>Mein Name tut nichts zur Sache. Sagen wir, ein guter Freund. Ich weiß, dass sie Carolin von Oppermann kennen. Ich weiß auch, dass sie euch um einen Haufen Geld bescheißen will. Ihr solltet schnell handeln, sie verpfeift euch sonst bei den Bullen.<<

Paul hakte, noch bevor eine Reaktion erfolgen konnte, den Hörer in die Gabel. Er drehte sich nach allen Seiten um und lief Richtung Wald. Die erste Steigerung nahm er locker. Dann lief er auf den Rundweg, der ihn nach 45 Minuten wieder an den Aufstieg führte. Nun ging es bergab und er passierte schließlich das Eisentor der Villa.

Schweißnass betrat er die Treppe, machte noch einige Dehnübungen und ging ins Haus.

Tanja stand in der Halle und nahm ihn mit den Worten in Empfang:

>>Paul, sie sind mir ja ein ganz Schlimmer. Was haben sie mit Carolin angestellt. Sie ist ja wie ausgewechselt. Ich glaube, es wird alle so wie früher, sie hat ihnen bestimmt verziehen!<<

Tanja durfte so mit Paul reden, war sie doch wie eine Mutter zu Carolin. Auch Paul mochte sie gern. Wegen ihrer ständigen guten Laune, musste man sie in sein Herz schließen. Sie gehörte irgendwie zur Familie. Paul lachte nur und lief die Treppe hinauf.

>>Na mein Marathon Man. Stell dich bloß unter die Dusche, du riechst wie ein Iltis,<<
lachte sie, gab Paul einen Kuss und schob ihn durch die Badezimmertür.

>>Kaffee ist schon fertig. Magst du frisches Obst? Wir können im Wintergarten essen, die Sonne hat ihn schön aufgeheizt,<<
rief sie ins Bad.

>>Wintergarten ist gut. Geh schon vor, ich komme gleich.<<

Bekleidet mit Jeans und Sweatshirt trat Paul in den Wintergarten, beugte sich über Carolins Schulter und gab ihr einen Kuss auf die Wange.

>>Du kratzt ja wie ein Reibeisen.<<

>>Ich rasiere mich nach dem Essen. Mmmm, dass sieht ja gut aus. Ich habe einen Bärenhunger. Lass es dir schmecken mein Schatz,<<
lächelte Paul sie an und griff in den Korb mit den frischen Brötchen, die gerade mit dem „Brötchen Express" geliefert wurden.

Beide verbrachten sie wie geplant ihren Tag. Sie bummelten durch die Boutiquen in Hannovers Innenstadt und aßen eine Kleinigkeit im „Bernini" auf der Georgstraße.

Im „Bernini" verwöhnt eine sympathische Familie an 364 Tagen im Jahr die Gäste mit feinsten Italienischen Leckereien. Egal, ob zum Frühstück, Business-Lunch, Kaffeeklatsch oder abends auf eine edle Flasche Wein. Und wer möchte, kann auch noch nebenbei die Leckereien für zu Hause einkaufen. Das „Bernini" ist ein guter Tipp.

Carolin und Paul verbrachten einen sehr schönen, glücklichen Tag. Es hatte den Eindruck, als sei die Zeit vor 4 Jahren stehen geblieben, als wären sie nie getrennt gewesen. Er genoss jede Stunde die er mit ihr verbrachte, auch wenn es nur für eine kurze Zeit sein würde.

Es war schon dunkel, als Ihr Taxi vor der Villa in Gehrden hielt.

Paul zahlte und nahm die zahllosen Tüten und Pakete an sich. Als das Taxi außer Sichtweite war, sprangen zwei Männer aus den winterlich kahlen Büschen, schlugen Paul hinterrücks nieder. Paul sackte zusammen wie ein nasser Sack. Carolin schrie, die Männer ergriffen sie, hielten ihr den Mund zu und schleiften sie zu einem Lieferwagen. Der eine riss die Hecktür auf und warf Carolin unsanft auf die Ladefläche. Die Männer sprangen in den Wagen, der mit quietschenden Reifen davon raste.

Aufgeweckt durch Carolins Schreie und das Gebell der Dobermänner, liefen Hans-Georg und Erich die Treppe der Villa hinab. Hans-Georg kümmerte sich umgehend um Paul. Erich rannte zur Garage, fuhr den BMW raus und nahm die Verfolgung auf.

Hans-Georg rief um Hilfe und Tanja und Luise kamen heran gelaufen.

Paul lag bewusstlos vor der Treppe. Hans-Georg und Tanja griffen unter seine Achseln und trugen ihn ins Haus. In der Halle kam Paul für kurze Zeit zu sich und verlor dann wieder das Bewusstsein. Sie legten ihn sanft auf das Sofa im Kaminzimmer. Hans-Georg überlegte nicht lange, nahm das Telefon und rief den Notarzt und die Polizei. Tanja versuchte notdürftig mit Handtüchern, die blutende Wunde am Hinterkopf zu stillen.

>>Wo ist überhaupt Carolin?<<

Riefen Tanja und Luise.

>>Mein Gott was ist passiert?<<

>>Sie wurde verschleppt. Erich verfolgt den Wagen.<<
erklärt Hans–Georg.

Als der Notarzt und die Polizei eintrafen, war Paul
schon wieder bei Bewusstsein. Tanja hatte ihm einen
Eisbeutel auf die Wunde gelegt. Das musste helfen,
schließlich hatte sie so etwas schon oft im Fernsehen
gesehen. Paul war noch sehr benommen und fragte immer
wieder:

>>Wo ist Carolin? Wo ist Carolin? Geht es ihr gut? Wo ist
sie?<<

Der Notarzt beruhigte ihn so gut er konnte. Er
versorgte die Wunde und gab Paul eine Spritze die ihn
schläfrig machte.

>>Herr Masche hat eine starke Platzwunde und
wahrscheinlich eine Gehirnerschütterung. Wir werden ihn
vorsichtshalber mit ins Krankenhaus nehmen und ihn
durchchecken um schlimmeres auszuschließen,<<
erklärte der Notarzt die Situation den Anwesenden.

>>Kann ich Herrn Masche noch einige Fragen stellen?<<
Fragte der anwesende Polizeibeamte.

>>Nein, ich muss sie bitte sich bis Morgen zu gedulden,
Herr Masche braucht absolute Ruhe. Mit so einer Verletzung
ist nicht zu spaßen.<<

Die Beamten von der Gehrdener Polizei wollten, wenn
sie schon einmal da waren, nicht unverrichteter Dinge
wieder fahren.

Sie befragten die Hausangestellten, was geschehen war und kamen schnell zu dem Schluss, dass Carolin von Oppermann verschleppt wurde. Da sie genügend Kenntnis über die gesamten Vorfälle der letzten Monate hatten, setzte sich einer der Beamten umgehend mit Freia Decker vom LKA in Verbindung. Freia Decker veranlasste sofort die Fahndung nach Carolin.

In der Zwischenzeit kehrte Erich zurück. Die Beamten befragten auch ihn. Leider war die Verfolgung ergebnislos.

Am nächsten Morgen erschienen Freia Decker und Felix Gündel schon früh im Krankenhaus. Nach Rücksprache mit dem zuständigen Arzt betraten sie das Krankenzimmer.

>>Guten Morgen Herr Masche. Ich bin Hauptkommissarin Freia Decker vom Landeskriminalamt und das ist mein Kollege Kommissar Gündel. Ich hoffe, es geht ihnen schon etwas besser und sie können uns zu so früher Stunde einige Fragen zu gestern Abend beantworten.<<

>>Ja, danke der Nachfrage. Wie geht es Carolin? Ist sie gesund?<<

>>Leider gibt es im Moment keine heiße Spur. Frau von Oppermann wurde entführt. Wir haben für gesamt Niedersachsen die Fahndung rausgegeben.<<

>>Entführt, um Gottes Willen! Das darf doch nicht wahr sein!<<

Reagiert Paul verzweifelt und hielt sich seinen schmerzenden Kopf.

>>Erzählen sie uns doch bitte was aus ihrer Sicht gestern

Abend geschehen ist.<<

>>Ja gern, aber ich fürchte ich kann ihnen nicht helfen. Also, wir sind mit dem Taxi aus Hannover vom Shoppen gekommen. Das Taxi war kaum fort, als ich von hinten einen Schlag auf den Kopf bekam. Es war sofort alles schwarz vor meinen Augen. Als ich kurz zur Besinnung kam, war Carolin nicht mehr an meiner Seite und um mich rum lagen die Einkaufstüten verstreut. Hans-Georg, ich glaube es war Hans-Georg, stand über mir. Dann habe ich wieder die Besinnung verloren und bin erst wieder im Kaminzimmer aufgewacht. Dann kamen auch schon der Notarzt und ihre Kollegen. Mehr weiß ich leider nicht.<<

>>Da wir von einer Entführung ausgehen müssen, ist jeder kleine Hinweis wichtig. Haben sie einen der Täter gesehen? Können sie sich an den Wagen erinnern, oder die Autonummer? Alles was ihnen einfällt ist wichtig.<<

>>Vielleicht, ist für sie wichtig, dass uns Vorgestern ein Idiot mit einem VW Caddy von der Bundesstraße gedrängelt hat. Ihre Kollegen aus Gerden sind an der Sache bereits dran. Das war merkwürdig.<<

>>Wieso, merkwürdig.<<

>>Ja, weil Carolin meinte, wir würden verfolgt.<<

>>Warum glauben sie, könnte der Vorfall mit gestern Abend zusammen hängen?<<
Fragte Freia nach.

>>Ich glaube ganz einfach nicht, dass es nur ein Unfall war. Der Kerl hat uns eine ganze Zeit verfolgt und uns dann

mit Absicht von der Straße gedrängelt. Mein Gott, dass bedeutet, dass er Carolin etwas antun wollte. Bitte tun sie alles um sie zu finden. Ich habe schreckliche Angst um sie,<< sagte er sehr überzeugend.

>>Wir versprechen ihnen, wir werden alles in unserer Macht stehende tun. Jetzt sollten sie sich wieder ein bisschen Ruhe gönnen. Ich danke ihnen und wünsche noch gute Besserung.<<

Carolin lag winselnd auf der Ladefläche als Ben sich zu ihr umdrehte.

>>Na, du kleines Miststück. Du hast wohl im Ernst gedacht, dass du uns verarschen kannst. Wir werden dich ein bisschen bei uns behalten, bis ein entsprechendes Lösegeld rübergewachsen ist. Wer uns um unseren Lohn prellt, der wird Konsequenzen spüren. Und sag nicht, ich hätte dich nicht gewarnt. Im Übrigen hat deine liebe Mutter da wo du jetzt liegst, eine ähnlich jämmerliche Figur abgegeben, bevor sie in die ewigen Jagdgründe gegangen ist. Wenn dir dein scheiß Leben etwas wert ist, verhältst du dich ruhig und tust, was wir dir sagen,<<
drohte er.

>>Sobald wir das Geld haben, lassen wir dich laufen. Für die Bullen wirst du schon eine gute Erklärung haben. Du sitzt ja genauso in der Scheiße wie wir. Wenn du uns verpfeifst, droht dir lebenslänglich Knast. Anstiftung zum Mord wird hoch bestraft.<<

Ben lachte laut, während Kevin damit beschäftigt war, sie mit Kabelbindern ruhig zu stellen.

Das Lachen dröhnte Carolin im Kopf wie das Geräusch eines Presslufthammers. Sie war steif vor Angst. Was sollte sie nur tun. Ihre Lage war ausweglos. Sie nahm all ihren Mut der Verzweiflung zusammen und schrie:

>>Ihr Idioten! Verdammt, Monika lebt! Ich schwöre euch, sie ist in Zürich. Ich kann es beweisen. In einer Woche wird sie nach Gehrden zurückkehren. Ihr könnt euch selbst überzeugen.<<

>>Halt dein Lügenmaul!<<

Blaffte Kevin sie an und schlug ihr voll ins Gesicht. Sie stürzte nach hinten und prallte mit voller Wucht gegen die Kante des Radkastens. Sie blieb reglos liegen und blutete aus Nase und Mund.

>>Musste das sein du Penner?<<

# 20

Die Staatsanwaltschaft und das LKA hatte kurzfristig die „Soko Monika" wieder aktiviert. Die Fahndung nach Carolin von Oppermann lief auf Hochtouren. Zahlreiche Hinweise aus der Bevölkerung gingen beim Landeskriminalamt ein. Anwohner der Großen Bergstraße hatten beobachtet, dass gegen Abend ein alter VW Caddy, der an der rechten vorderen Seite stark verbeult war, mit quietschenden Reifen davongerast war. In dieser Wohngegend ein seltener Vorgang.

Eine alte Dame, die mit ihrem Liebling, einem ebenso alten Dackel, ihre Runde machte, erkannte Teile der Autonummer.

Die Ermittler des Landeskriminalamtes fanden heraus, dass zu der Beschreibung des Lieferwagens und den Teilen der Autonummer sieben Fahrzeuge passten. Die Halter der Lieferwagen wurden überprüft und es dauerte nur drei Tage bis Freia mit den Ermittlern des LKA und einem Sondereinsatzkommando im Canarisweg zugriff.

Von allen Seiten der Straße rasten Einsatzfahrzeuge heran. Es ging blitzschnell. Ben und Kevin hatten null Chancen. Ben verletzte noch zwei SEK Beamte mit gezielten Schüssen schwer, bevor Freia ihm in die Schulter schoss und er kampfunfähig zusammenbrach. Kevin wurde mit einem glatten Durchschuss am Oberschenkel getroffen und drohte zu verbluten.

In dem alten Caddy, der 50 m vom Haus entfernt geparkt war, machte Felix Gündel vom LKA eine grausige Entdeckung. Carolin von Oppermann lag mit alten Decken bedeckt im Laderaum. Das geronnene Blut der schweren Verletzung am Hinterkopf, war auf dem Boden verteilt und ihr Genick war gebrochen.

>>Sie ist mindestens einen Tag tot. Genaueres kann ich erst nach der Obduktion der Leiche sagen,<<
erklärte der angeforderte Gerichtsmediziner der Hauptkommissarin Decker.

>>OK, Jungs! Schafft sie weg.<<
Kommissar Felix Gündel klopfte Freia auf die Schulter.

>>Gute Arbeit Chefin!<<

>>Von wegen. Schöne Scheiße das alles! Carolin von Oppermann ist tot, das ist ein verdammter Mist! Diese Familie ist ständig in den Schlagzeilen. Die ziehen das Unglück nur so an.<<

>>Aber Freia, sie war schon mindestens einen Tag tot. Wir hätten sie nicht retten können.<<

>>Ja du hast recht,<<
erwiderte Freia etwas niedergeschlagen.


Als Hauptkommissarin Decker, Paul die Nachricht von Carolins Tod überbrachte, spielte dieser perfekt den fassungslosen Liebhaber. Tanja brach zusammen als sie die Nachricht mitbekam. Sie beruhigte sich erst wieder als Hans-Georg ihr mit einem Brandy auf die Beine half. Tanja, Luisa, Erich und Hans-Georg konnten es ebenso wenig fassen, wie Paul es glauben machte. Tanja weinte noch Tage später. Auch die Dobermänner Nero und Cäsar schienen zu spüren, was geschehen war. Sie lagen völlig apathisch in der Halle und rührten tagelang kein Futter an.

Eine Woche blieben die Gardinen der Villa geschlossen. Das ganze Haus wurde von Kerzen erleuchtet. Die Agentur wurde für drei Tage geschlossen. Alle trauerten um Carolin.

Zur Beerdigung kam halb Gehrden. Hunderte von Trauergästen drängten sich auf dem verhältnismäßig kleinen Friedhof. Alle wollten Carolin die letzte Ehre erweisen. Carolin, soviel wurde deutlich, musste von allen Menschen in ihrer Umgebung geschätzt, wenn nicht sogar geliebt worden sein. Ihr Grab war ein einziges Blumenmeer.

Einen Tag nach der Beerdigung klingelte am Rande von Zürich das Telefon.

>>Hallo, wer ist dort?<<

>>Sag jetzt nichts, hör gut zu. Du machst dich sofort auf den Weg hierher. Nimm den nächsten Flug, die Zeit drängt. Ich erwarte dich in Gehrden, in der Villa. Alles andere überlasse mir. Du solltest gegen Abend hier sein, schaffst du das?<<

>>Ja, ich glaube gegen 14:00 Uhr geht ein Flug nach Hannover.<<

>>Das passt ja super!<<

>>Aber sag, was ist los? Warum jetzt diese Eile?<<

>>Frag jetzt nicht, vertraue mir. Mach einfach, was ich dir gesagt habe. Also, bis heute Abend, ich liebe dich.<<

# 21

In einem streng abgeriegelten Bereich des Siloah Krankenhauses wurden unter strenger Bewachung Ben und Kevin Stunde um Stunde in getrennten Zimmern in die Mangel genommen.

Ihre Verletzungen stellten sich als nicht lebensbedrohlich dar und sie waren schon wieder sehr stabil.

Kevin war der erste, der nach drei Stunden anfing zu singen. Er gab ein volles Geständnis ab. Er begann im Juni 2002, als Carolin sich bei ihnen meldete. Er erklärte ihre Planungen im Detail und den Mord an Monika von Oppermann.

Nach und nach knickte auch Ben ein als er mit Kevins Aussagen konfrontiert wurde. Einer schob dem anderen die Tat in die Schuhe. Beide wollten ihren Hals retten.

Hauptkommissarin Decker veranlasste die Überprüfung der angegebenen Fakten. Das Puzzle passte bis auf einen Schönheitsfehler. Der Mord an Monika von Oppermann gab Rätsel auf.

Einerseits hielt sich Monika nachweislich in einem Haus am Rande von Zürich auf - dies hatten die Schweizer Kollegen überprüft - und andererseits wollen sie Monika getötet haben.

>>Das macht keinen Sinn. Warum gestehen die Kerle

einen Mord den sie nicht begangen haben?<<
Grübelte Freia.

>>Warum erzählen die Typen uns diesen Scheiß?<<
Wandte sie sich fragend an Felix Gündel.

>>Monika von Oppermann ist in Zürich, dafür gibt es jede
Menge Belege im Zusammenhang mit dem Selbstmord von
Holger Kluge. Die Kollegen in Zürich haben das überprüft.
Wie kann sie dann tot sein?<<
Fasste Felix noch einmal zusammen.

>>Wir haben es jetzt kurz vor 18:00 Uhr, da können wir
noch mal in Gehrden stören. Komm Felix, wir fahren noch
mal nach Gehrden und fühlen den Hausangestellten noch
mal auf den Zahn. Es muss verdammt nochmal eine Antwort
geben,<<
fluchte sie.


Auf der Fahrt nach Gehrden stellte Freia sich immer
und immer wieder die Frage, warum diese Typen einen
zweiten Mord auf sich nehmen, ohne ihn begangen zu haben.
Ihr fehlte eine plausible Erklärung.

>>Wir sollten uns morgen früh eine Genehmigung
einholen und das gesamte Davenstedter Holz umgraben
lassen. Wenn es eine Leiche von Monika gibt, dann kann sie
nur dort liegen,<<
sagte Freier zu Felix.

>>Ja, vielleicht hast du recht. Aber bei der Faktenlage,
wird uns keiner das Personal oder die Genehmigung dafür
geben. Du kennst doch die Bürokraten.<<

Das schmiedeeiserne Tor stand offen, so fuhren sie direkt auf das Grundstück. Sie hielten auf dem Kiesweg vor der Treppe der Villa. Freia Decker und Felix Gündel gingen gerade die Treppe hinauf als sich die Tür öffnete und Paul, mit dickem Pflaster am Hinterkopf, die beiden begrüßte.

>>Guten Abend! Die Polizei hat wohl nie Feierabend!?<<

>>Guten Abend Herr Masche. Wie ich sehe, geht es ihnen erfreulicher Weise besser. Meinen Kollegen Gündel kennen sie ja bereits!?<<

Zeigte Freia mit lockerer Handbewegung auf Felix.

>>Mein Schädel brummt noch ganz ordentlich, aber Unkraut vergeht nicht,<<

lachte Paul.

>>Was kann ich für sie tun? Darf ich ihnen etwas anbieten?<<

>>Ja, wir sind so frei, ein Kaffee wäre nicht schlecht.<<

schaute Freia Felix an, der zustimmend nickte.

>>Wir müssen sie noch mit einigen Fragen belästigen.<<

>>Fragen sie bitte, ich hoffe ich kann helfen.<<

>>Herr Masche, können sie sich erklären, wie die mutmaßlichen Mörder ihrer Lebenspartnerin auf die Idee kommen, auch einen Mord an Monika von Oppermann zu gestehen? Für uns macht das keinen Sinn. Unsere Recherchen im Zusammenhang mit der Selbsttötung von Dr. Holger Kluge haben ergeben, dass Monika von Oppermann in Zürich ist. Die Schweizer Kollegen haben dies überprüft.<<

>>Sie meinen, sie war in Zürich,<<

sagte eine Stimme im Rücken der beiden Beamten.

Decker und Gündel drehten sich verwundert um und trauten ihren Augen nicht. Vor ihnen stand eine bildschöne Frau. Anfang Fünfzig, langes blondes Haar und eine phantastische Figur. Für ihr Alter wirkte sie sehr jugendlich.

Gündels Nasenflügel blähten sich beim Anblick dieser Frau, lüstern auf.

>>Frau von Oppermann, ich freue mich sie wohl auf und unter den Lebenen zu sehen. Ich bedauere nur die schrecklichen Umstände. Mein herzliches Beileid zum Tode ihrer Tochter,<<
sagte Freia mitfühlend.

>>Ja, schreckliche. Ich bin unendlich traurig und wütend. Warum nur, hat mich Carolin so gehasst?<<

>>Darauf haben wir auch keine Antwort! Um ihre Person hat sich in den letzten Wochen fasst schon eine Legende gebildet. Ich freue mich, sie gesund und munter vor mir zu sehen.<<

>>Ich muss ihnen sicherlich einiges erklären,<<
sagte Monika.

>>Wie das manchmal im Leben so ist, es wird mehr spekuliert als nachgefragt. Eine Frau in meiner Position ist oft und gern Objekt der Medien. Vielleicht hätte ich mich schon eher melden sollen. Nachdem aber ihre Kollegen aus Zürich mich in meiner Abgeschiedenheit besucht hatten, sah ich keinen Grund mehr, mich zu melden. Ich gebe zu, dass war ein Fehler.<<

Monika von Oppermann schilderte, warum sie statt ihre Geschäfte in Verona zu erledigen, lieber nach Zürich flog und was sonst noch für Freia und Felix von Interesse sein konnte.

Nach einer guten Stunde Unterredung machten sich die beiden wieder auf nach Hannover. Zufrieden über den Verlauf, ließen sie sich in die Polster ihres Dienstwagens fallen und machte sich erst einmal Luft.

>>Was für ein Weib. Die ist eine Sünde wert. Nein, die ist die Sünde,<<
genoss Felix seine lüsternen Gedanken.

>>Ich weiß an was du gerade denkst Felix. Die verspeist dich noch vor dem Frühstück du kleiner Lüstling,<<
lachte Freia.

Felix fühlte sich in seinen Gedanken ertappt und lief rot an.

>>Aber zurück zu unserem Fall. So wie die Sache aussieht, können wir unseren Bericht für die Staatsanwaltschaft erstellen und die Akte Monika von Oppermann ein für alle Mal schließen. Das machen wir gleich Morgen, jetzt haben wir uns den Feierabend verdient. Wollen wir noch was trinken gehen?<<

>>Ja, lass uns zur „Bier Börse" fahren,<<
schlug Felix vor.

# 22

Paul klopfte und trat in die Tür von Monikas Zimmer.

>>Mach schnell zu, das Personal muss nicht .jetzt schon alles mitbekommen,<<

sagte sie.

>>Komm her mein Schatz, ich will dich, ich will dich jetzt. Wir haben es uns verdient.<<

>>Ach meine Schöne, nach so langer Zeit der Entbehrungen haben wir es endlich geschafft. Ich dachte schon, es nimmt nie ein Ende. Ich liebe dich!<<

Flüsterte Paul ihr ins Ohr.

Er küsste sie mit all seiner Leidenschaft, die sich in der langen Zeit des Wartens aufgestaut hatte. Er küsste ihren Hals, begann ihre Brüste durch die hauchdünne, für die Jahreszeit nicht gerade passende Bluse, zu liebkosen. Sie warf den Kopf in den Nacken, atmete tief und sagte:

>>Ab jetzt wirst du nur noch Monika lieben, alle anderen sind schon lange tot.<<

## 23

Dicke Schneeflocken schaukelten im Wind. Seit Tagen schneit es und die Landschaft war in eine dicke Schneedecke gehüllt. Im Deister, dem kleinen Mittelgebirge vor den Toren Hannovers, tummelten sich die Wintersportler.

Sicher, der Deister ist nicht mit dem Harz oder gar den Alpen vergleichbar. Aber für die Flachlandtiroler aus Hannover ist er ein schönes Ausflugsziel, gerade in dieser Jahreszeit.

Es waren nur noch wenige Tage bis Weihnachten. In der Jugendstilvilla in Gehrden, war mehr oder weniger der Alltag eingekehrt. Tanja fühlte noch immer eine tiefe Leere. Der Liebreiz, das ganze Wesen von Carolin fehlte in den Wänden des Hauses. Den anderen Hausangestellten ging es nur unwesentlich anders und den beiden Dobermännern, Nero und Cäsar, fehlten die ausgiebigen Spaziergänge mit Carolin sehr.

Das nahende Fest ließ dem Hauspersonal aber nur wenig Zeit zum Grübeln. Sie waren reichlich durch Arbeit abgelenkt. Mit Hochdruck wurde an den Vorbereitungen zum Weihnachtsfest gearbeitet. Luisa backte Kekse und bereitete andere Leckereien für das Fest vor. Hans–Georg und Tanja, putzten hier, räumten da und schmückten den Tannenbaum in der Halle, mit allerlei Weihnachtsschmuck. Erich wienerte wie immer den Wagen auf Hochglanz. Hin und wieder, musste Hans–Georg das Außengelände vom Schnee befreien. Auch Monika und Paul hatten sichtlich Spaß am Dekorieren einzelner Ecken. Von jeder Shoppingtour hatten sie Weihnachtsassessors mitgebracht, die sie jetzt im ganzen Haus verteilten.

Alles schien in bester Ordnung, wenn da nicht im Hintergrund immer wieder die Trauer um Carolin im Raum schweben würde.

Paul machte den scheinheiligen Vorschlag, dieses Weihnachtsfest im Gedenken an Carolin zu begehen und unter den Weihnachtsbaum eine Staffelei mit ihrem Bild zu stellen. Seit einigen Wochen war sie nun tot, auf so schreckliche Art und Weise ums Leben gekommen.

Der Schock saß noch allen in den Gliedern und beim gesamten Personal mochte nicht so Recht Weihnachtsstimmung aufkommen.

Bei Monika und Paul war es irgendwie anders, beide waren gut aufgelegt, unternahmen ständig etwas und taten sehr vertraut miteinander.

Tanja spürte, dass da was nicht stimmte. Sie hegte den Verdacht, dass Monika und Paul etwas miteinander hatten. Sie mochte sich dem anderen Hauspersonal aber nicht anvertrauen. Tanja war sehr traurig über die Entwicklung, schließlich war Carolin erst kurze Zeit tot und schon tröstete sich Paul offensichtlich mit der ärgsten Konkurrentin. Schon einmal hatte Monika sich zwischen Carolin und Paul gedrängt und eine sehr glückliche Beziehung zerstört. Der einzige Trost für Tanja war, dass Monika seit ihrer Rückkehr aus der Schweiz, wie ausgewechselt war.

Es schien als hätte sie ihre Überheblichkeit, ihr ständiges Nörgeln und die kleinen, alltäglichen Sticheleien in der Schweiz gelassen. Selbst Nero und Cäsar wurden von ihr regelrecht verwöhnt, was die beiden sichtlich genossen.

Die Tageszeitungen, die fast täglich über Monika von Oppermanns Rückkehr und die schrecklichen Ereignisse um die Familie von Oppermann berichteten, schenkten der Sache jetzt keine einzige Zeile mehr.

Dennoch, es würde noch eine lange Zeit vergehen, bis die schrecklichen Ereignisse vom Alltag überdauert sein würden. Carolins Geist würde lange, wenn nicht sogar für immer, in den Räumen der Villa und in den Köpfen seiner Bewohner präsent sein.

Die Staatsanwaltschaft Hannover, erhob im Januar 2003 Anklage gegen Benjamin Liwinski und Kevin Schmitzke, wegen Menschenraub und gemeinschaftlichen Mordes an Carolin von Oppermann sowie wegen Mordversuchs an Monika von Oppermann in zwei Fällen.

Die Staatsanwaltschaft hielt es für erwiesen, dass die Taten gemeinschaftlich geplant und durchgeführt wurden. Sie forderte für Liwinski und Schmitzke wegen der besonderen Schwere der Taten und des Vorstrafenregisters, die Höchststrafe, lebenslänglich Haft mit anschließender Sicherungsverwahrung.

Der Vorsitzende Richter der großen Strafkammer am Landgericht Hannover, Richter Dr. Peter Meyer, war für seinen scharfen Verstand bekannt und gleichermaßen für die faire Art mit der er seine Verfahren führte geschätzt.

Dr. Peter Meyer kommt aus einer alt eingesessenen Juristenfamilie, die bereits in der dritten Generation Recht spricht. Er war aussichtsreichster Kandidat für den neu zu besetzenden Posten des Oberstaatsanwaltes.

Dr. Meyer war aber auch dafür bekannt, dass er nicht mit sich handeln ließ, wenn es um das Strafmaß ging. Er verabscheute die Praxis, dass bei einem Geständnis oder bei gespielter Reue oder Entschuldigung des Täters, dass Strafmaß für den Angeklagten erträglicher ausfiel. Er vertrat die Meinung, dass durch ein Geständnis oder eine Entschuldigung der Täter, die Opfer auch nicht wieder lebendig würden.

Dr. Peter Meyer terminierte den ersten Tag der Verhandlung auf den 12. April 2003. Benjamin Liwinski und Kevin Schmitzke verbrachten die Zeit bis zum Termin in Untersuchungshaft.

Monika und Paul schlenderten durch die Innenstadt von Hannover, um noch auf den letzten Drücker einige Einkäufe für das Weihnachtsfest zu erledigen.

Für Tanja sollte es ein neuer Flachbildfernseher sein. Sie liebte die neuen Comedy Serien über alles. Seit mehreren Monaten funktionierte ihr altes Gerät nicht so, wie es sollte.

Hans–Georg war Fan der klassischen Musik. Am liebsten hörte er „Vier Jahreszeiten" von Vivaldi. Er liebte Vivaldi. Jede freie Minute lauschte er in seine beeindruckende Sammlung rein.

Monika und Paul entschieden sich für einige Werke, dargeboten von keinem geringeren, als den „Wiener Philharmonikern". Damit die Freude noch größer werden würde, besorgten sie noch ein Ticket für das Konzert im Herbst 2003, der „Wiener Philharmoniker" im Opernhaus.

Luisa und Erich sollten natürlich auch nicht leer ausgehen. Für Luisa fiele die Wahl am schwersten. Schließlich entschieden sich Monika und Paul, für ein Flugticket, damit Luisa ihre Familie in Mailand besuchen konnte. Luisa hatte ihre Familie schon seit zwei Jahren nicht mehr gesehen.

Erich, dem Autonarr, sollte ebenfalls ein lang ersehnter Wunsch erfüllt werden. Einmal live bei einem Grand Prix der Formel 1 dabei sein. Ja, dass sollte es sein. Erich würde vor Freude Purzelbäume schlagen.

Monika und Paul waren sich sicher, dass die Auswahl ihrer Geschenke gelungen war. Ihre Stimmung war angesichts der Tatsache, dass ihr Plan voll aufgegangen war, super. Sie waren in Geberlaune!

In der Schweiz hatte Paul eine neue Leidenschaft entdeckt, die Jagd. Aber trotz seines super Schusses auf den Reifen des Audi, wäre der Plan ohne die nützlichen Idioten, wohl gescheitert.

Jetzt konnten sie mit einer kleinen Schonfrist einer glücklichen Zukunft entgegen sehen. Sie bummelten zufrieden durch die verschneite Innenstadt von Hannover Richtung Osterstraße, wo sie im Parkhaus den Wagen untergestellt hatten. Was könnte ihre Zukunft noch durchkreuzen, dachten sie selbstzufrieden.

Für Nero und Cäsar nahmen sie schnell noch zwei große Knochen mit, bevor sie den Heimweg antraten.

# 24

Am 12. April 2003 begann der Prozess gegen Benjamin Liwinski und Kevin Schmitzke.

Das Medieninteresse war groß. Im Zuschauerraum saßen viele Pressevertreter. Die beiden hannoverschen Tageszeitungen, sowie die wichtigsten Fernseh- und Rundfunksender waren anwesend.

In der letzten Reihe saßen vier Damen, die unschwer dem horizontalen Gewerbe zu zuordnen waren. Sie winkten Ben und Kevin unauffällig zu.

Bereits zu Beginn des Prozesses wurde deutlich, dass sich die Verhandlungen über einige Monate hinziehen könnten.

Die Verteidiger witterten ihre Chance, mit diesem Prozess und dem begleitenden Medienrummel, endlich aus ihrem Schattendasein heraus zu treten, um sich in die Reihe der sogenannten Staranwälte einzureihen. Der Schritt zu einer renommierten Kanzlei schien nicht unmöglich.

Mit dutzenden von Anträgen versuchten sie, von Prozesstag zu Prozesstag die Verhandlungen künstlich in die Länge zu ziehen.

Beim Vorsitzenden Richter Dr. Meyer bissen sie jedoch auf Granit. Er machte von Anfang an deutlich, dass er auf dem Klavier der Strafprozessordnung und des Strafgesetzbuches besser spielte als die Frischlinge in den Anwaltsroben.

Wegen der massiven Widersprüche, ständig neuer Aussagen der Angeklagten und der gegenseitigen Beschuldigungen, zog sich das Verfahren trotz der Fähigkeit des Vorsitzenden Richters, bis in den Sommer.

Im Landeskriminalamt, arbeiteten Freia Decker und Felix Gündel erneut an einem Mord. Ein 44 jähriger Familienvater aus Langenhagen hatte seine Frau mit mehreren Messerstichen getötet. Die Ermittlungen standen kurz vor dem Abschluss. Die beiden genehmigten sich nach einer langen Nacht erst einmal einen Kaffee.

Freia blätterte in der „Neuen Presse" als ihr auf der Klatschseite ein Artikel über Monika von Oppermann ins Auge fiel. Ein großes Portraitfoto schaute sie an.

>>Ist schon eine beindruckende Frau die von Oppermann,<<
dachte sie laut.

>>Was meinst du?<<
Fragte Felix.

>>Ach hier, hier ist ein Bild von Monika von Oppermann in der „Neuen Presse". Du weißt schon, die reiche Witwe aus Gehrden.<<

>>Da, hinter dir hängt doch seit Monaten ein Fahndungsfoto von ihr am Brett. Ich hatte immer gedacht, dass du es als Erinnerung aufgehoben hast,<<
meinte Felix beiläufig.

Freia drehte sich um uns starrte auf das Bild. Sie entfernte es von der Pinnwand und meinte:

>>Hab ich die ganze Zeit gar nicht bemerkt. Die ist schon eine Erscheinung,<<
sagte sie und sah sich die Bilder an.

>>Aber halt mal, da stimmt doch was nicht!?<<

>>Wie, da stimmt doch was nicht!?<<

Freia nahm das Bild und legte es neben das Foto in der Zeitung.

>>Ich werde verrückt! Das kann doch nicht wahr sein!<<
Sie rannte kommentarlos mit dem Handy am Ohr aus dem Raum. Felix guckte nur verwirrt hinter ihr her. Endlich erreichte sie einen Vertreter der Staatsanwaltschaft was um diese Uhrzeit schon wie ein Sechser im Lotto war. Sie erklärte ihre Vermutungen.

Nach einer viertel Stunde kehrte sie ins Büro zurück und sagte aufgeregt:

>>Komm Felix, schnapp deine Autoschlüssel, wir müssen sofort los.<<

>>Was ist denn in dich gefahren? Kannst du mir vielleicht mal sagen was los ist? Wieso willst du jetzt in Davenstedt doch den Wald umgraben lassen. Was sagt denn die Staatsanwaltschaft zu deinem Treiben? Ich dachte, das Thema war abgeschlossen.<<

>>Frag nicht, schnapp die Schlüssel, lass deinen Kaffee und komm. Vielleicht habe ich eine Überraschung für dich.

Die beiden verließen mit quietschenden Reifen den Hof des LKA. Felix ließ sich während der Fahrt von Freia aufklären:

>>Ich glaube, Monika von Oppermann ist doch tot! Ich habe gerade das OK von der Staatsanwaltschaft erhalten, mit Leichenhunden die Gegend in und um das Davenstedter Holz noch einmal abzusuchen. Gleichzeitig habe ich zwei Beamtinnen mit einer Ärztin und einem Durchsuchungsbefehl nach Gehrden geschickt um die angebliche Monika von Oppermann auf alte Verletzungen hin zu untersuchen.<<

>>Und was soll das? Es ist man gerade mal 4:00 Uhr!<<

>>Warts ab! Das ist ja vielleicht die Überraschung.<<

Sie fuhren, was die Karre hergab und bogen schließlich von der Lenther Chaussee  in den Feldweg der zum Davenstedter Holz führt.

Kurz vor ihnen waren mehrere Fahrzeuge mit Uniformierten und Suchhunden eingetroffen. Sie waren gerade dabei ihre, Ausrüstung auf zu rödeln.

>>Danke, dass sie um diese Uhrzeit so schnell gekommen sind!<<

Begrüßte sie die Beamten.

Das Waldstück war mittlerweile von den vielen Stapeln der Baumstämme geräumt, die die Waldarbeiter seinerzeit dort abgelegt hatten. Die Leichenhunde konnten nun ohne Hindernisse ihren Job verrichten.

Es dauerte gute zwei Stunden bis einer der Spürhunde anschlug. Etwa 50 Meter vom kleinen Waldweg entfernt, mitten im Wäldchen kratzte einer der belgische Schäferhund im Waldboden.

Umgehend begannen die Beamten mit Spaten zu graben. Dies war angesichts, des gefrorenen Bodens nicht ganz einfach. Nach weiteren 20 Minuten legten sie eine Frauenleiche, oder besser gesagt, was davon noch übrig war, frei. Man konnte noch gut ihr blondes Haar erkennen und einige Fetzen ihrer Unterwäsche. Der Rest war schon stark verwest.

Freia und Felix hielten sich entsetzt Taschentücher vor den Mund und überließen alles Weitere der Spusi. Das Areal wurde weiträumig abgesperrt und die Spusi begann mit der Arbeit.

Felix ging wortlos einige Meter vom Tatort weg und kotzte plötzlich im hohen Bogen in die Büsche.

>>Gündel, versau uns nicht den Tatort,<<

rief ein Kollege der Spusi lachend.

Es dauerte eine Weile bis sich Felix wieder im Griff hatte.

Freia ging zum Wagen, nahm das Funkgerät und rief die Zentrale. Alle weiteren Schritte wurden veranlasst. Der Gerichtsmediziner konnte erst nach drei Tagen die Untersuchung an der Leiche abschließen. Die Frau wurde durch einen Kopfschuss aus nächster Nähe getötet.

Hauptkommissarin Freia Decker und ihr Kollege Kommissar Felix Gündel saßen wieder an ihren Schreibtischen im Landeskriminalamt und schlürften ihren lauwarmen Kaffee.

>>Na Felix, hättest du gedacht, dass ein Muttermal auf der linken Wange zwischen Leben und Tod entscheiden kann?<< Sagte Freia, legte die beiden Fotos in den Ordner und klappte die Akte Monika von Oppermann zu.

## 25

Benjamin Liwinski und Kevin Schmitzke wurden am 15. Juli 2003 des gemeinschaftlichen Mordes an Monika von Oppermann und des gemeinschaftlichen Mordes an Carolin von Oppermann schuldig gesprochen und zu lebenslanger Haft mit anschließender Sicherungsverwahrung verurteilt.

Katja Österle, die Zwillingsschwester von Monika von Oppermann verbüßt zur Zeit eine lebenslängliche Haftstrafe in der Frauenabteilung der Justizvollzugsanstalt Celle und kann frühestens, bei guter Führung, im Jahre 2018 aus der Haft entlassen werden.

Paul Masche wurde ebenfalls zu einer lebenslangen Haftstrafe verurteilt. Er hat sich am 18. November 2004 in seiner Zelle erhängt.

Februar 2012

Manfred Böttcher

Manfred Böttcher,1952 in Hannover geboren, war schon früh politisch aktiv. Er war als Betriebsratsvorsitzender und seit 32 Jahren als Gewerkschaftssekretär und Berater in Hannover tätig. In seiner Freizeit hat er seit kurzem Spaß am Schreiben entdeckt. Mit "Das Muttermal" veröffentlicht er seinen ersten Kriminalroman.